Collection S. Fischer

# Ulrike Längle
# Der Untergang der »Romanshorn«
*Erzählungen*

S. Fischer

Collection S. Fischer
Herausgegeben von Uwe Wittstock

Band 80
Originalausgabe
Veröffentlicht im Fischer Taschenbuch Verlag GmbH,
Frankfurt am Main, September 1994

Gesamtherstellung: Wagner GmbH, Nördlingen
Printed in Germany
ISBN 3-596-22380-6

# Inhalt

Ich bin die Planke,
die im Weltmeer schwimmt.
Für einen unbeteiligten Voyeur
nur ein Stück Holz,
das sinnlos treibt.

Jedoch für dich,
der mit den Wellen kämpft,
das Rettungsschiff,
das ihn
ans sichre Ufer trägt.

# Eine seltsame Geschichte

Er blickte auf den Kaktus vor seinem Fenster, dann auf die Chaiselongue ihm gegenüber an der Wand. Hier hatte sie manchmal gesessen, im Winter mit einer Fellmütze auf dem Kopf, im Sommer mit widerspenstigen offenen Haaren. Sie hatte in einem weichen, singenden Dialekt gesprochen, hatte alles mögliche geplaudert, er wußte nie, worauf sie hinauswollte, sie wollte sicher auf nichts hinaus. Sie strahlte ihn nur an, mit ihren blauen Augen, erzählte dies und das, sah sich um auf der Bank, blickte nach links, wo er auf einem schmalen Bord drei kleine Holzfiguren stehen hatte, oder nach rechts, wo sein Schreibtisch und ein Bücherregal standen.

Einmal hatte sie ihm einen Schrecken eingejagt, es war im Sommer gewesen, sie trug ein grünes, trachtenartiges Kleid und um den Hals eine Kropfkette, wie seine Mutter eine gehabt hatte. Er glaubte nicht an Gespenster, aber damals begann er sie zu hassen. Sie war in seinem Geburtsort, einem Nest in der Schwäbischen Alb, gewesen und berichtete von ihren Eindrücken. Ein Gasthaus, in dem die Säufer saßen, eine Metzgerei und ein Brunnen, der es ihr besonders angetan hatte. Seine Figuren waren »Der Tod und das Mädchen«, und das hatte ihr besonders gefallen. Eine seltsame Person. Er war zurückhaltend gewesen, hatte nur einsilbig geantwortet, und schließlich war sie gegangen.

Jetzt war sie fort. Als er sie zum letzten Mal gesehen

hatte, auf dem Gang vor seinem Zimmer, hatte sie ihm ihre Liebe gestanden. Hinter seinem Rücken sah man durch eine Scheibe die Studenten im Computerraum sitzen. Er hatte sie nicht in sein Zimmer gelassen, aber sie schien entschlossen, ihm zu sagen, was sie zu sagen hatte.

Sie hatte erfahren, daß er für ein Jahr nach Prag gehen wollte, und schlug ihm vor, zusammen einen Kaffee zu trinken. Er lehnte ab und sagte: »Ich habe Ihnen nie Hoffnungen gemacht. Die Dinge sind, wie sie sind.«

Sie fragte leise: »Und was soll ich jetzt tun?«

Er antwortete: »Ich bin nicht für Sie verantwortlich.« Und wandte sich zum Gehen.

Sie ging einfach mit ihm, einen halben Schritt hinter ihm her, durch die Gänge der Universität. Zuerst mußten sie den Lift ins Erdgeschoß nehmen, wo er noch etwas abzugeben hatte. »Ich möchte Ihnen einen Kuß geben«, sagte sie.

»Ich will aber nicht von Ihnen geküßt werden. Ich will gar nichts von Ihnen.« Mehr fiel ihm nicht ein. Er bog nach links ab, in einen Kellergang.

Sie folgte ihm, plötzlich standen sie in einem Innenhof, wie nach dem Gang durch ein Labyrinth. »Jetzt wissen Sie gar nicht, wie Sie hier wieder hinauskommen«, sagte er.

»Nein«, meinte sie einfach. Er beschrieb ihr die zwei Wege, dann ging er zu seinem Auto. Eine Frau bog um die Ecke, sie stand da, mit hängenden Armen, und sagte leise: »Auf Wiedersehen.« Dann ging sie. Er fuhr sein Auto aus der Parklücke, schaltete die Scheinwerfer ein.

Sie ging ein Mäuerchen am Rande eines Beetes entlang, eine schmale schwarze Gestalt in einer enganliegenden Jacke und einer Pluderhose, mit hochgezogenen Schultern und hängendem Kopf. Plötzlich drehte sie sich noch einmal um, winkte ihm zu, lächelte schüchtern und wischte sich mit dem rechten Unterarm über die Augen. Dann verschwand sie in einem Torbogen. Er fuhr auf die Ausfahrtsstraße, die in den Vorort führte, in dem er wohnte, und spürte, wie sich sein Herz zusammenzog. Er kannte sich nicht mehr aus.

Bei Tag haßte er sie, in der Nacht liebte er sie. Sie erschien ihm im Traum, wie eines jener Wesen, die er im *Wörterbuch des Aberglaubens* beschrieben hatte, eine Drude, ein Doggi oder wie sie alle hießen. Dann lag sie bei ihm, und seine Sehnsucht war endlich gestillt. Wenn er erwachte, brauchte er lange, bis er wieder in das Kostüm des Menschen zurückfand, der er am Tage war. Der Haufen Kleider, den er abends auf einen Sessel zu werfen pflegte, kam ihm vor wie eine Rüstung, die ihm half, wieder eine Person zu werden. Bei Tag erschien ihm das alles unmöglich. In der Nacht verwandelte auch er sich in eine große Fledermaus oder in Batman und flog zu ihr, eine Beziehung zu pflegen, die ihm bei klarem Verstande in höchstem Ausmaß absurd erschien. Er verbot sich jeden Gedanken an sie, und doch ließ sie ihm keine Ruhe. Er war ein gesetzter Mann, charakterfest und ehrenhaft, wie es so schön hieß, aber auch eine schillernde Persönlichkeit. Die Volkskunde lehrte er mit Hingabe und Leidenschaft und mit einer Präzision, die seine Studenten zu schätzen wußten. Sie war Studentin, keine reguläre zwar, und kam aus purem Interesse in seine Vorlesungen und Seminare. Halbtags arbeitete sie in einem Amt für Statistik. Und doch strahlte sie etwas Besonderes aus, etwas geradezu Verwegenes, das man nie mit ihrer Arbeit in

Verbindung gebracht hätte. Und ihre Äußerungen zu den verschiedensten volkskundlichen Gebieten zeigten ihm einen Freigeist, der ihn oft zu gereizten Korrekturen aufstachelte, weil er spürte, daß sie etwas in ihm ansprach, was er mit universitärer Disziplin niederhalten mußte oder niederzuhalten versuchte. Außerdem widersprach sie ihm zu oft.

Er hatte sich sogar manchmal vor dem Seminar auf das Kanapee in seinem Zimmer gelegt und an sie gedacht, sich dabei ertappt, daß er zu sich selbst sprach, sich sagte: »Hier hat sie gesessen.« Er glaubte, ihre Aura zu spüren – und doch: Er hatte sie fortgeschickt.

Nun kannte er sie seit gut einem Jahr. Sie hatten sich zufällig getroffen, bei einer gemeinsamen Bekannten namens Ingeborg, die ihr Geburtstagsfest in einem Landgasthof feierte. Man hatte ausgemacht, daß alle Gäste mit einem kleinen Bus kämen und auch wieder zurückführen, um dem Alkohol hemmungslos frönen zu können. Er saß allein am Fenster, sie setzte sich neben ihn. Sie wirkte völlig ungeniert, er erinnerte sich sogar noch, was sie anhatte: ein blaues Kleid mit einem Bolero, mit großen, gelb-orange-roten Blüten, und lange Ohrringe mit orangeroten Steinen. Sie fragte ihn ganz selbstverständlich und ohne aufdringliche Neugier, was er denn so mache, und er begann, ihr von seinen Vorlesungen zu erzählen. Sie gefiel ihm gut, wie sie so neben ihm saß, die Ohrringe klimpern ließ und ihm zuhörte. Sie kannte das Gasthaus, wo das Fest zu Ehren von Ingeborg stattfinden sollte, und sie erzählte, daß von dort ein Weg zum Flußufer hinunterführe, wo man schön sitzen könne. Im Laufe des Abends verloren sie sich aus den Augen, und als er im Bus zurückfuhr, saß sie zwar wieder neben ihm, in einer

Art stiller Beharrlichkeit, war aber schweigsam und verabschiedete sich einsilbig von ihm.

Dann war sie eines Tages plötzlich in seiner Sprechstunde erschienen, hatte auf der Chaiselongue gesessen und irgend etwas erzählt. Sie war freundlich gewesen, wie fast immer, hatte aber nichts von ihm gewollt. Er fühlte sich leicht nach diesem Besuch, geradezu heiter, und ein warmes, freies Gefühl durchzog seine Brust. Sie kam in unregelmäßigen Abständen, er wußte nie, ob sie auftauchen würde oder nicht. Die Fellmütze begleitete sie durch den Winter.

Im Frühling änderte sich die Lage plötzlich. Eines Tages fand er ein großes gelbes Kuvert in seiner Post. Es enthielt eine Geschichte, die sie geschrieben hatte, ihm schien sie ziemlich verworren. Der Kern der Sache war eine Dreiecksaffäre, eine Liebesnacht mit einem verheirateten Mann, bei der das Pärchen von der Ehefrau überrascht wurde. Er wußte nicht, was er damit anfangen sollte, und sie schwieg darüber bei ihrem nächsten Besuch. Eigentlich ein Komödienstoff, dachte er, aber sie schien noch immer unter den Nachwirkungen dieses Erlebnisses zu stehen, obwohl sie nie ein Wort darüber verlor. Jetzt war sie fort.

*

Sie stieg die Stufen zur Universität hinauf, es war Ferienzeit. Die Gänge waren fast leer, auf der Tafel im Lift hing eine verblichene Ansichtskarte. Sie zeigte drei Eisbären, die im Gänsemarsch über den Schnee trotteten und lange Schatten warfen. Daneben stand: »Nicht was vor oder hinter uns liegt, ist wichtig, sondern was in uns liegt.« Die

Cafeteria im Obergeschoß war noch leer, der Boden war noch nicht mit zusammengeknüllten Flugblättern übersät wie sonst während des Semesters. Sie ging durch die Korridore, und ihr Herz krampfte sich zusammen. Als sie das letzte Mal hier gewesen war, war sie noch voller Hoffnung. Ein Schmetterling mit bunten Flügeln, war sie durch die Gänge geeilt und hatte darauf gehofft, daß er das erlösende Wort sprechen würde. Und nun stand sie da. Die Farbpartikel waren ihr von den Flügeln gekratzt worden, nur mehr graue Reste, wie bei einer Motte, waren übriggeblieben. Sie ging bis zur Tür seines Zimmers, sah die lange Liste der Lehrveranstaltungen des kommenden Semesters an der Anschlagtafel. Sie konnte nicht klopfen, sie konnte nicht in die Cafeteria gehen, sie mußte fort. Tränen traten in ihre Augen, sie floh. Zu Hause setzte sie sich an den Tisch und weinte.

Zwei Wochen später wurde sie beim Überqueren der Straße von einem Auto angefahren und schwer verletzt. Da sie sich nur mühsam erholte, überredete eine Freundin sie, mit ihr zu einem Naturheiler zu gehen. Der Naturheiler residierte in einem alten Bauernhaus hoch über der Nebelgrenze, in dem es gut roch, nach Holz und Bienenwachs. Er machte eine Augendiagnose, schrieb ihr mehrere Schachteln kleiner weißer Tabletten mit Silicium, Kalzium und Eisen auf und riet ihr, da sie ihm ihre Geschichte erzählt hatte, sich vorerst zurückzuhalten und zuerst mit dem Schutzengel des betreffenden Mannes in Verbindung zu treten. Dann hob er das Diktiergerät, das er auf seinem Schreibtisch liegen hatte, in die Höhe, zeigte es ihr kurz, drehte es dann um und sagte: »Sie müssen auch die Rückseite sehen.« Die Rückseite war aus schwarzem Plastik mit Querrippen.

Einige Tage später versuchte sie, als sie nachts schlaflos in ihrem Bett lag, mit seinem Schutzengel in Kontakt zu treten. Doch sie sah nur ihn vor sich, von hinten, wie er sein Auto verließ und zu einem Garagentor ging. Er hatte die Schulterblätter nach hinten gezogen und ging mit kleinen, tänzelnden Schritten. Sie stellte sich immer vor, er habe keine Knöchel an den Füßen, sondern ganz dünne, metallene Verbindungsschienen zwischen Fuß und Unterschenkel. Das Auto hatte in die Höhe gezogene Kotflügel am Heck.

Später sah sie ihn in seinem Bett. Sein Schutzengel kauerte zu seinen Häupten und weinte. Er hatte die Flügel schützend um sich geschlagen und das Gesicht in den Händen verborgen. Zwischen den Fingern rannen dicke Tränen herunter. Il professore – so nannte sie ihn bei sich – lag zusammengerollt und schüttelte sich in einem Weinkrampf. Er krallte die Hände ins Polster, sein Rücken zitterte, das Gesicht war verborgen. Da landete ihr Schutzengel neben seinem und führte ein Gespräch mit ihm.

– Warum weint ihr so, du und er?

– Er weint, weil sein Herz vor Trauer und Schmerz zerrissen ist, und ich weine um ihn.

– Und warum ist sein Herz so traurig?

– Er wollte seine Geliebte töten. Er haßte sie, weil er fühlte, daß er begann, sie zu lieben.

– Lebt sie noch?

– Sie lebt.

– Weiß er es?

– Er weiß es.

– Warum ist er dann so traurig?

– Er kann sich nicht verzeihen, was er getan hat.

– Tröste ihn, denn ihm ist schon längst verziehen. Er möge seinen Schmerz vergessen.

Da faltete der Schutzengel die Flügel auseinander und legte sie um Il professore wie ein gewaltiges Zelt, darinnen ein sanfter Wind wehte, der den Leidenden beruhigte. Er ließ das Polster los, das Schluchzen verebbte in sanften, leisen Wellen auf seinem Rücken wie die letzten Ausläufer des gewaltigen Meeres an einem sandigen Strand. Sein Antlitz wurde sichtbar, er drehte sich auf den Rücken und schlief ein. Der Schutzengel blieb bei ihm, bis der neue Tag erwachte.

*

Und doch stimmte etwas nicht. Verzeihen war etwas für Menschheitsbeglücker wie Albert Schweitzer. Bei ihr war die Lage anders. Eigentlich war sie ihm dankbar, daß er sie dem Tod so nahe gebracht hatte. Sie wußte, daß er etwas für sie getan hatte, vor dem sie sich immer entsetzlich gefürchtet und das sie darum auch mit entsetzlicher Kraft herbeigesehnt hatte. Sie war ihm dankbar für seinen Tötungswunsch, dankbar, daß er die Schuld auf sich genommen hatte. Darin sah sie den tiefsten Beweis seiner Liebe. Er hatte sie so geliebt, daß er einen ihr selbst unbekannten sehnlichen Wunsch erfüllt hatte. Sie wollte sterben, und er hatte ihr den Befehl dazu erteilt.

Wochen später überfielen sie manchmal, spät abends und auch sonst, wenn sie allein war, quälende Schmerzen, vor allem im Herzen. Die Tränen kamen ihr, wenn sie daran dachte, daß alles vergeblich gewesen war. Ein Freund, der ihren Zustand erriet, empfahl ihr Resignation als Heilmittel, aber das wirkte nicht lange, genausowenig wie die weißen Pillen des Naturheilers. Die Bilder der Erinnerung kamen wieder, und sie sah noch einmal die Szene vor sich, wie er in seiner Vorlesung über »Volkskundliche Aspekte archaischer Tötungsriten in der modernen Literatur« einen Dada-Dichter nachgemacht hatte, der als Bischof verkleidet aufgetreten war und seltsam skandierend alle möglichen Sätze von sich gegeben hatte, unter anderem: »Ich will, daß meine Geliebte stirbt.« Als sie damals nach dem Unfall im Krankenhaus wieder zu sich kam, fiel ihr der Satz des Professors ein. Sie sah die Morgendämmerung durch das Fenster, sie ließ sich ein nasses Tuch bringen, um ihr Gesicht zu kühlen und damit niemand sah, wie ihr die Tränen über die Wangen liefen. Sie wäre liebend gerne gestorben, wenn er es wollte, denn wenn er das wollte, dann konnte sie nicht mehr weiterleben.

Sie lebte aber weiter.

Es ging ihr sogar nach einiger Zeit immer besser. Ein paar Wochen hoffte sie noch, ihm zufällig einmal zu begegnen, aber das ging ja nicht, er war ja in Prag.

*

Il professore fühlte sich wohl in Prag, fast hätte er gesagt: sauwohl. Nachts um drei, wenn es ruhig war, ging er auf die Karlsbrücke und blickte in die Moldau. Die Bäume mit ihren langen, hängenden Zweigen am Ufer beruhigten ihn, wenn er zuviel gearbeitet hatte. Und er arbeitete immer zuviel. Er schrieb an einer Arbeit über verschiedene Arten des Aberglaubens, die mit der Figur des Henkers im Mittelalter verbunden waren. Eben hatte er Prozeßakten eines Gerichtsfalls durchstudiert, bei dem der Scharfrichter den Totengräber verklagte, weil dieser es gewagt hatte, mit der abgezogenen Haut eines Gehenkten Handel zu treiben. Sie galt als Mittel für eine leichte Geburt, wenn die Schwangere sie sich umhängte. Das Privileg des Handels mit Überresten von Gehenkten stand jedoch nur dem Scharfrichter selbst zu. Nachmittags saß er manchmal im Café Slavia und lauschte den Musikern, die Tanzmusik aus den fünfziger Jahren spielten. Trotz der fröhlichen Weisen war er meist in sich gekehrt. Er begann sogar fast ein bißchen zu schielen, weil sich seine Blicke auf seine eigene Nasenspitze und von da auf sein Inneres konzentrierten.

Er haßte sie nicht mehr, sie ging ihm vielmehr einfach ab. Sie war ein lieber Mensch gewesen, den er nun vermißte. Im geheimen hegte er natürlich manchmal den Verdacht, daß sie gewisse erotische Wünsche in ihm geweckt hatte, aber das wollte er lieber nicht einmal vor sich selbst zugeben, obwohl es gar nicht so abwegig gewesen wäre. Schließlich war er noch weit vom pensionsfähigen Alter entfernt.

Ein wenig erinnerte ihn die Sache an einen anderen Fall, den er für seine Studien bearbeitet hatte: In einer kleinen böhmischen Stadt waren zwei junge Leute wegen Verdachtes der Hexerei verhaftet und peinlich verhört worden, besonders wegen ihrer Liebespraktiken, die der Scharfrichter im Detail herauszulocken hatte. Der junge Mann hatte die junge Frau in sein Schlößchen entführt, dort entkleidet und geküßt. Dabei hatte er ihr laut Geständnis einen Zungenkuß gegeben, was den Scharfrichter zu der Bemerkung im Protokoll veranlaßte, daß diese Sitte bei den jungen Leuten anscheinend als Beweis der Liebe gelte, in Wirklichkeit jedoch nur Unzucht sei.

Aber das waren vergangene Zeiten. Sein Fall lag anders. Er hatte den Mut verloren. Bis er zurückkäme, hätte sie sich sicher mit einem anderen getröstet, war wahrscheinlich schon verheiratet und stolze Mutter eines Kindes. Er war ja wirklich ein Scheusal gewesen, ein Monster, und er wußte selbst nicht mehr, was damals in ihn gefahren war.

*

Sie war jedoch immer noch nicht verheiratet und hatte auch kein Kind. Aber sie lernte jemanden kennen, dem sie nach und nach ihre Geschichte erzählte und der ihr riet, eine Reise nach Prag zu unternehmen und Il professore aufzusuchen. Daß sie nur knapp dem Tod entronnen war, hatte sie anfangs verschreckt, dann aber bestärkt und gekräftigt, ja sogar beruhigt. Seit damals wußte sie, daß es Dinge gab, die wichtig waren, und solche, die es nicht waren. Aber wenn sie daran dachte, daß er ihr den Tod gewünscht hatte, konnte sie sich immer noch nicht mit ihm aussöhnen, trotz aller guten Vorsätze.

So fuhr sie auf Anraten ihres neuen Freundes nach Prag. Sie durchquerte per Eisenbahn die mit Rauhreif bedeckte winterliche Landschaft Südböhmens mit ihren Teichen, in denen die Weihnachtskarpfen zur Versorgung zahlloser Mittagstische melancholisch vor sich hin dümpelten. In Prag nahm sie ein Taxi und bezog ein Hotelzimmer etwas außerhalb des Zentrums, zwei Stationen von der Altstadt entfernt. Dann fuhr sie mit der U-Bahn zur Universität und ging aufs Geratewohl ins Volkskundliche Institut. Il professore war da. Er ließ sich nichts anmerken, sondern begrüßte sie, als ob es ganz selbstverständlich wäre, daß sie jetzt plötzlich vor ihm stand, als ob das so sein müßte. Nur nach ihrem Wohlergehen erkundigte er sich zwei- oder dreimal, ob es ihr wohl gutgehe. Sie verabredeten sich für den späten Nachmittag vor der Astronomischen Uhr, bei der zu jeder vollen Stunde die zwölf Apostel vorbeizogen, dann der Tod, der mit dem Kopf nickte und seine Hippe schwang, und zum Abschluß ein Hahn krähte. Sie sah sich inzwischen etwas in der Altstadt um, begutachtete Schaufenster mit böhmischem Granatschmuck, dessen Gold viel zu heftig glänzte, um echt zu sein.

Pünktlich zur verabredeten Zeit stand Il professore auf dem Hauptplatz der Altstadt. Zu ihrer Rechten ragten die Türme der Tein-Kirche unbeleuchtet in den winterlichen Abendhimmel, davor, auf dem Platz, waren Stände zu einer Art Weihnachtsmarkt aufgebaut, Glühweinbuden und ein Wurststand. Il professore führte sie zuerst zu einer Vernissage. In einem Kulturzentrum, das selbstverständlich nach Franz Kafka benannt war, wurde eine Fotoausstellung mit Aufnahmen eines Jahrhundertwendefotografen eröffnet, der Größen wie Klimt und Schiele porträtiert hatte, dazu seinerzeit berühmte Tänzerinnen, die für den heutigen Geschmack viel zu dicke Schenkel hatten. Sie verstand kein Wort, Il professore, der Tschechisch konnte, übersetzte ihr ein paar Brocken aus den Begrüßungsreden. Schließlich trat eine junge Sängerin in einem gerade geschnittenen Kleid vors Publikum und sang Lieder eines modernen tschechischen Komponisten.

Sie verzichteten beide auf die Brötchen, die herumgereicht wurden, und gingen statt dessen ins Hotel Paris, einen prunkvoll restaurierten Jugendstilbau, in dem sie

Gänsebraten speisten. Zum Dessert riet der Kellner zu Becherovka, einem einheimischen Schnaps, der nur aus Kräutern hergestellt werde. »Vitamin, viel Vitamin«, meinte er und streifte die Flasche mit einem verliebten Blick.

Anschließend wanderten sie durch die nächtlichen Gassen. Sie sprachen fast nichts. Il professore zeigte ihr die verschiedenen Häuser, in denen Kafka gewohnt hatte, dann begaben sie sich in das ehemalige jüdische Viertel und liefen an der Altneuschul und am Friedhof vorbei, der jedoch nachts versperrt war. Man sah nur die Mauern.

Schließlich befanden sie sich vor dem Deutschen Ständetheater, wo an diesem Abend *Don Giovanni* gegeben wurde, als hätte es der Zufall bestellt. Sie bogen in eine schmale, unbeleuchtete Seitengasse ein, kamen an einigen Bierlokalen und an der Kirche vorbei, in der Johannes Hus gepredigt hatte, und standen plötzlich wieder vor dem Theater, wie wenn sie im Kreis gegangen wären. Am Nebenhaus sah man einen uralten gotischen Erker. Il professore brachte sie mit der U-Bahn zu ihrem Hotel, obwohl es nur zwei Stationen waren und sie erklärt hatte, sie könne ganz gut allein fahren. Sie sprachen immer noch nichts, außer ein paar Belanglosigkeiten. Zum Abschied gab er ihr die Hand und versprach, sie am nächsten Morgen abzuholen, um ihr die Kleinseite zu zeigen.

In dieser Nacht konnte Il professore nicht schlafen. Er bewohnte eine geräumige Suite in einem alten Barockhaus mitten in der Altstadt, das der Universität als Gästehaus diente. Von draußen hörte man ab und zu den Lärm von ein paar angetrunkenen spätheimkehrenden Touristen und den Schlag einer Glocke. Was wollte sie von ihm? Warum war sie nur gekommen? Er fühlte sich befangen neben ihr, vor allem, weil sie kein Wort über die Vergangenheit verloren hatte. Er hatte aus reinem Zufall erfahren, daß sie im vergangenen Jahr einen schweren Unfall gehabt hatte, aber bei wachem Bewußtsein kam er nicht auf die Idee, daß er etwas damit zu tun gehabt haben könnte. Sie hatte es nicht einmal der Mühe für wert gehalten, ihm irgend etwas vorzuschwindeln, weshalb sie in Prag war, sie tat einfach so, als ob das vollkommen natürlich wäre. Sie hatte etwas Rührendes an sich, das ihn reizte. Trotzdem war er auf der Hut.

*

Sie legte sich in ihrem Hotelzimmer, das mit allem Komfort ausgestattet war, aber keine Atmosphäre hatte, zu Bett und schlief sofort ein. Sie träumte nichts. Am nächsten Morgen stand sie auf und ging in die Halle, wo sie Il professore erwartete. Sie nahmen die Straßenbahn und fuhren auf die Kleinseite, es war ein kalter Wintertag.

Er wollte ihr die Bibliothek im Kloster Strahov zeigen. Sie besichtigten die Säle mit den Büchern und die Kuriositätenschau, die unter anderem einen schwedischen Soldatenstiefel aus dem Dreißigjährigen Krieg, einen Narwalzahn und zwei getrocknete Elefantenrüssel enthielt. Sie aßen in einem viel zu teuren Touristenlokal auf der Kleinseite, schlenderten dann über die Karlsbrücke auf das andere Flußufer zurück. Dann setzten sie sich in ein berühmtes Bierlokal, wo an den Wänden lauter Bilder von Tigern hingen, umgeben von Säufern, die ausschließlich tschechisch sprachen. Schließlich faßte sich Il professore ein Herz und fragte:

»Warum sind Sie eigentlich nach Prag gekommen?«

Sie sah ihn schweigend an, dann blickte sie auf ihren Bierdeckel, dann wieder auf ihn.

»Ich wollte wissen, wie das so ist, mit der Liebe.«

»Aha.« Er wurde still und sagte nichts mehr. Sie aßen beide in Teig eingebackene Rostbraten mit Krautsalat und tranken Pilsner Urquell.

»Ja, die Liebe...«, versuchte er einen Satz zu beginnen.

»Wissen Sie, daß ich fast gestorben wäre, Ihretwegen«, stieß sie plötzlich hervor. Il professore war vollkommen verdattert.

»Nein«, konnte er nur stammeln, »wieso meinetwegen?«

»Erinnern Sie sich an die Vorlesung über die archaischen Beschwörungsriten in der modernen Literatur? An den Dada-Dichter, der alle möglichen Verfluchungen und Wünsche geäußert hat? Sie haben damals gesagt: ›Ich will, daß meine Geliebte stirbt‹, und ich habe geglaubt, Sie meinen mich. Einige Wochen später bin ich dann bei einem Verkehrsunfall fast ums Leben gekommen. Ich wollte sterben, weil Sie das gesagt haben.«

Il professore war sprachlos. Ab und zu, im Halbschlaf, hatte er es gewußt, was er damals getan hatte, aber ganz zu Bewußtsein war ihm die Sache nie gekommen. Schließlich sagte er:

»Aber ich habe Ihnen doch nichts zuleide getan. Ein Wunsch ist doch noch keine Tat!«

Sie schwieg nur beharrlich vor sich hin.

Il professore wurde ernst. Im Grunde wußte er genau, daß er sie wirklich am liebsten auf diese Weise losgeworden wäre, aber daß sein Wunsch tatsächlich solche Folgen haben würde, damit hatte selbst er, der sich von Haus aus mit solchen Dingen beschäftigte, nicht gerechnet.

Plötzlich sagte sie:

»Ich danke Ihnen dafür, was Sie sich damals gewünscht haben.«

Nun verstand er überhaupt nichts mehr. Er sah sie an, über den blanken Holztisch hinweg, der mit Bierlachen gesprenkelt war. Ihm wurde heiß. Er griff nach ihrer Hand. Lange saßen sie so da, schweigend, jeder starrte vor sich hin in sein Bierglas.

»Die Menschen mit der ausgeprägtesten Phantasie wissen in der Realität nie, was sie sagen sollen«, meinte sie schließlich.

Il professore blickte sie an. Er konnte sich nicht helfen, er war gerührt.

»Ach Sie«, sagte er, »immer mit Ihren Sprüchen. Sie wissen doch ganz genau, was los ist.«

»Gar nichts weiß ich«, sagte sie bockig. »Ich weiß nur, daß ich Sie gern mag. Aber ich kann mir nicht vorstellen, in irgendeiner Form mit Ihnen zu leben oder auch nur eine gemeinsame Lagerstätte zu teilen.«

»Sie sind zu jung«, meinte Il professore. »Ich könnte Ihr Vater sein.«

Da stützte sie plötzlich den Kopf in beide Hände, stemmte die Fäuste gegen ihre Backen und klapperte mit den Augendeckeln. Sie kämpfte sichtlich mit den Tränen.

»Adoptieren Sie mich doch«, schlug sie plötzlich vor, wobei sie den Kopf etwas hob. »Einen Professor der Volkskunde zum Vater, das hat nicht jeder Mensch.«

»Lassen Sie die Witze«, meinte Il professore, aber wie er sie so ansah, in dem von tschechischen Säufern vollgestopften Bierlokal, die Karten spielten, aßen oder sich unterhielten, da kam ihm diese Idee gar nicht so schlecht vor.

Damit war das Gespräch beendet. Il professore bezahlte für beide einen lächerlich geringen Betrag, dann traten sie in die Winternacht. Er faßte sie schweigend um die Schulter, dann legte er ihren Arm auf den seinen, und eingehängt gingen sie zurück zur Astronomischen Uhr und zu den verlassenen Ständen des Weihnachtsmarktes. Das Denkmal für Johannes Hus stand dunkel in der Nacht.

»Jetzt muß ich dir etwas zeigen, meine kleine Adoptivtochter«, sagte er so zärtlich, wie er es über die Lippen brachte. »Sieh hier, diese Bodenplatte. Hier hat vom Ende des Dreißigjährigen Krieges bis 1918 eine Mariensäule gestanden, die zum Dank errichtet wurde, daß die Schweden dieses Stadtviertel nicht eingenommen haben. 1918, während der Revolution, wurde die Mariensäule von der Menge zerstört, weil die Tschechen glaubten, sie sei zur Erinnerung an die Hinrichtung der böhmischen Adeligen nach der Schlacht auf dem Weißen Berg aufgestellt worden. Und jetzt hat man wieder eine Inschrift in den Boden eingelassen, in vier Sprachen, auf tschechisch, deutsch, englisch und lateinisch: ›Hier stand und wird wieder stehen die Mariensäule.‹ Kafka konnte von dem Haus da drüben, in dem er einige Jahre wohnte, zwischen 1915, als das Hus-Denkmal errichtet wurde, und 1918 den Ketzer Hus und die Heilige Jungfrau Maria einträchtig nebeneinander stehen sehen. Was sagst du dazu?«

Sie sagte gar nichts. Sie drückte den Arm ihres Adoptivvaters fester an sich, seufzte tief auf und meinte: »Jetzt bin ich wirklich eine Professorentochter.«

Am nächsten Tag fuhren sie auf den Laurenziberg und spazierten Arm in Arm durch den winterlichen Park. In einem Haus war ein altertümliches Spiegelkabinett untergebracht, das sie durchwanderten. Lachend blieben sie vor den Spiegeln stehen, in denen ihre Gestalten einmal ganz schmal und hoch, dann wieder mit dicken Bäuchen verzerrt erschienen. Il professore sah seine Adoptivtochter manchmal verstohlen von der Seite an. Sie hatte immer schon ein schmales Gesicht gehabt, aber heute erschien es ihm noch schmaler. Sie hatte Ringe unter den Augen und wirkte etwas zerfahren. »Vater eines unbekannten Kindes«, dachte er flüchtig. Dann führte er sie ins Café Malastranska und bestellte ihr einen Cappuccino. Sie sagte nichts, blickte in das Glas, in dem der Kaffee serviert wurde, und rührte manchmal langsam darin um.

»Was hast du?« fragte Il professore vorsichtig.

»Nichts«, sagte sie, »nichts.«

»Warum sagst du dann nichts?« fragte er weiter.

»Ich weiß nicht.«

Mehr brachte er nicht aus ihr heraus. Er wollte den Arm um ihre Schulter legen, aber da zuckte sie zusammen, wie wenn er sie heftig erschreckt hätte. Er legte die Hände in den Schoß und fragte noch einmal: »Willst du mir nicht sagen, was dir fehlt?«

»Gehen wir«, sagte sie nur. »Ich halte es hier nicht mehr aus.«

Sie gingen durch die Gassen der Kleinseite wieder zur Karlsbrücke und überquerten die Moldau. Schließlich ließ sie sich in ein großes Jugendstilcafé am Graben führen, wo sie sich in eine Ecke der durchgesessenen Plüschbank verkroch, auf der sie noch Platz gefunden hatten.

Das Café war vollgestopft mit Leuten, Einheimischen und Ausländern, eine Musikgruppe spielte. Sie saßen kaum drei Minuten, hatten soeben bestellt, als ein älterer, fidel winkender Mann mit weißen Haaren an ihren Tisch kam. »Ist es gestattet?« fragte er und setzte sich dazu.

Il professore war erfreut, denn es handelte sich um einen Kollegen von der Universität, mit dem er sich während seines Studienaufenthaltes angefreundet hatte, kein Volkskundler, sondern ein Literaturwissenschaftler. »Darf ich vorstellen«, wandte sich Il professore an seine Begleiterin, »mein Kollege Josef Schaukelmeyer, meine –«, hier stockte er, denn Adoptivtochter konnte er wohl nicht gut sagen. Schließlich entschloß er sich zu: »Eine ehemalige Studentin, die mich hier besucht.«

Der alte Kollege nickte verständnissinnig, Il professore wußte schon, was er sich jetzt dachte. Josef Schaukelmeyer wischte sich eine weiße Haarsträhne aus dem Gesicht und stöhnte: »Jetzt habe ich soeben zwei Stunden mit einem Mitarbeiter des Goethe-Institutes verhandelt, er hat noch einen jungen Iren mitgebracht, der gerade auf Austausch hier ist. Prag ist im Moment ärger als ein Bienenstock.«

Nachdem sie ein paar Höflichkeitsfloskeln ausgetauscht hatten und sich der Kollege aus Prag mit einem Bier gestärkt hatte, wurde die Unterhaltung lockerer. »Können Sie sich noch erinnern, an den Kollegen aus Wien, der damals hier war, bei der Tagung über Prager deutsche Literatur, bei der Sie interessehalber auch manchmal zugehört haben? Dieser von mir in ganz besonderer Weise geschätzte Kollege«, dabei lachte er sarkastisch in sich hinein –, »dieser von mir, ich wiederhole und betone, ganz besonders geschätzte Kollege, hat sich damals besonders hervorgetan. Es ging um den Satz: ›Und es kafkat und werfelt und brodelt und kischt, wie wenn Wasser mit Feuer sich menget‹, der vermutlich von Kisch selbst erfunden und in Umlauf gesetzt wurde, und der Kollege aus Wien kommentierte diesen Spruch mit den Worten: ›Das ursprüngliche Zitat stammt nicht etwa aus der ›Glocke‹, wie viele glauben, sondern aus der ›Bürgschaft‹! Und niemand hat etwas gesagt.«

Il professore lachte, sie wußte nicht, was sie sagen sollte. Ihr kam die Zeile in den Sinn: »Walle, walle, manche Strecke«, und sie sagte: »Ist das nicht aus dem ›Zauberlehrling‹ von Goethe?«

Da lachten beide auf und sagten: »Aber nein, aus dem ›Taucher‹ von Schiller natürlich: ›Und es wallet und siedet und brauset und zischt, wie wenn Wasser mit ...‹ Aber das kennen wir ja schon ...«

Dann herrschte eine etwas betretene Stille, bis sich Josef Schaukelmeyer verabschiedete.

»Was hast du denn nur?« fragte Il professore noch einmal.

»Nichts, oder doch. Ich sags dir lieber.« Sie räusperte sich etwas, nahm einen Schluck aus dem Glas und sagte dann: »Ich habe Angst, daß es nicht so bleibt. Ich habe Angst, daß du deinen Arm um mich legst, mich küssen willst, und dann fängt alles wieder von vorne an.«

Il professore war verwundert, aber im Grunde hatte sie nicht unrecht, er hatte die Geschichte mit der Adoptivtochter eigentlich wirklich für einen Scherz gehalten, für eine Art von Koketterie, um erst einmal auf diesem etwas neutraleren Boden miteinander verkehren zu können.

Sie sah ihn an, mit ihrem schmalen Gesicht und den

Augen mit den Ringen darunter, und sagte noch einmal: »Ich wollte wissen, wie das ist, mit der Liebe. Und ich möchte jemanden, den ich lieben kann wie einen Vater. Und ich möchte jemanden, der mich liebt«, fügte sie noch leiser hinzu, so daß er ihre Stimme in dem vielsprachigen Lärm und bei der Musik kaum hören konnte. »Ich möchte, daß mich jemand liebt, wie ein Vater seine Tochter lieben sollte, und ich möchte, daß du das bist.«

Er dachte an das, was er damals in der Vorlesung gesagt hatte, und schämte sich. Aber sie gab ihm keine Gelegenheit, sich lange zu schämen. Sie nahm seine Hand, blickte ihn an und fragte: »Glaubst du, daß du das kannst? Es gibt Väter genug, die ihre Kinder nur in die Welt setzen, um sie dann dem Henker auszuliefern. Manche Kinder spüren das und wehren sich, indem sie von sich aus versuchen, die Väter zu beseitigen, bevor sie selbst ans Messer geliefert werden. So ist es doch, in der Welt. Denk an Jesus.«

Er konnte ihr nicht unrecht geben. Wie viele Söhne waren in dieser Stadt schon ins Wasser gesprungen, wie viele Töchter hatten sich ein Messer in die Brust gestoßen, weil ihre Erzeuger es so befahlen, weil ihre Ehre befleckt war oder sonst irgend etwas nicht paßte. Und er? Er hatte die Gelegenheit, sich von einem Ungeheuer in einen Menschen zu verwandeln. Er konnte es kaum glauben. Schließlich sagte er: »Wenn du mir eine Chance gibst?«

Statt darauf zu antworten, sagte sie: »Du brauchst nicht zu glauben, daß ich das für dich tue. Ich tue es für mich. Ich kann so nicht leben. Es kann so nicht weitergehen. Einmal muß es aufhören, und jetzt ist der Moment dafür, wenn wir es nur wollen.«

Die Kapelle spielte einen Tusch, Il professore bestellte eine Flasche Champagner, und sie begossen den Beginn des neuen Zeitalters. »Jetzt fängt die urteilslose Zeit an«, sagte sie, »wenn du willst, die Rückkehr ins Goldene Zeitalter.«

»Die Seele des Kindes wird von den Wirbeln des Lebens entweder auf die Klippen geschleudert und zerstört oder in den Hafen der Liebe getragen«, sagte er. »Das habe ich irgendwo gelesen. Und wenn du willst, trage ich dich in den Hafen.« Sie stießen an und beschlossen dann, Silvester gemeinsam zu verbringen, in diesem Jahr, denn sie wollte vorher noch nach Hause fahren, und er hatte noch zu tun in Prag. Sie einigten sich auf Genua, da sich Venedig aus verständlichen Gründen verbot und beide in den Süden wollten.

Am 31. Dezember trafen sie sich im Zug nach Italien. Il professore, den sie jetzt nicht mehr so nannte, sondern bei seinem richtigen Namen, war in Erzählerlaune und gab Geschichten über seine weitverzweigte Familie in der Schwäbischen Alb zum besten. Besonders eine unverheiratete Tante hatte es ihm angetan, die Tante Adeline. Die Tante Adeline war zwar Religionslehrerin, aber immer schon gegen die Kirche und besonders gegen die Kirchensteuer gewesen, und als die Nazis die Zwangserhebung der Kirchensteuer einführten, sagte sie: »Wenn einer eine neue Religion stiftet, will er mindestens zweitausend Jahre davon fressen.«

Dann berichtete er von seinen neuesten Forschungen auf dem Gebiet des Aberglaubens. Bei einem Besuch in einer kleinen Stadt in seiner Heimat hatte er einen Geistheiler kennengelernt, dessen Vertrauen er gewonnen hatte und der ihm eines Tages plötzlich telefonisch eine

Frau »überwies«. Die Frau rief ihn am Sonntagnachmittag um drei zu Hause an und erzählte, daß sie jede Nacht um halb zwei Uhr schweißgebadet und mit Herzklopfen aufwache und dann nicht mehr schlafen könne. Nach und nach brachte er aus ihr heraus, daß sie sich furchtbar vor ihrem Mann fürchtete, aber es nicht wagte, ihn zum Teufel zu jagen oder sich von ihm scheiden zu lassen. Nach dem vierstündigen Telefongespräch bot Il professore der Frau an, sie könne ihn ruhig anrufen, wenn sie diese Nacht wieder aufwachen sollte, er sei immer für sie da.

Abends ging er zu Bett und prompt wachte er um halb zwei Uhr auf. Er mußte auf die Toilette, was er sonst immer um vier Uhr früh tat, aber von einem Anruf war weit und breit keine Spur. So ging das die nächsten Nächte weiter, pünktlich um halb zwei Uhr wachte er auf und mußte aufs Klo, sonst tat sich nichts. Einige Tage später telefonierte er wieder mit Michel, dem Geistheiler, und der erzählte ihm, daß es der betreffenden Frau inzwischen bestens gehe, sie schlafe jede Nacht durch. Da erzählte Il professore seine Geschichte, und der Michel mußte lachen. Von da an schlief aber auch Il professore wieder gut und erwachte nicht einmal mehr, wie früher, um vier Uhr morgens.

Unter solchen Geschichten erreichten sie Genua, aber seltsamerweise war sie nach seiner Erzählung immer einsilbiger geworden. Sie quartierten sich in einem Hotel in Bahnhofsnähe ein, selbstverständlich in getrennten Zimmern, dann gingen sie in die Altstadt. »Nun, was kann ich für dich tun?« fragte er, »als guter Tochtervater, der ich nun einmal werden will?«

»Ich mag nicht mehr in dieses Büro für Statistik gehen«, jammerte sie. »Kannst du mir nicht zu etwas anderem verhelfen?«

»Was tätest du denn am liebsten?«

»Studieren«, meinte sie, »aber richtig.«

»Nichts leichter als das«, meinte er, »ein Stipendium bekommst du sowieso, und klug genug bist du auch. Sonst noch einen Wunsch? Du weißt ja, der Papa wird's schon richten.«

Sie lachte über den Scherz, stieß mit der Schuhspitze eine weggeworfene Papiertüte vor sich her und sagte dann: »Ja schon, da ist noch etwas. Aber ich sage es dir lieber später.«

Sie vertieften sich in die Betrachtung der Schaufenster, in denen alle möglichen Andenken zum Kauf angeboten wurden, unter anderem die berühmten Eier des Columbus, die besonders in Genua, seiner Heimatstadt, zu jeder Jahreszeit sehr begehrt waren. Er fragte noch einmal dezent nach, aber sie schien in diesem Jahr nicht mehr mit ihrer Neuigkeit herausrücken zu wollen.

Abends gingen sie in ein kleines Familienrestaurant, das er kannte und wo die Einheimischen sich zum Silvestermenü versammelten, das aus zahllosen Gängen bestand, die sie alle durchkosten mußten. Sie wurde immer schweigsamer, und schließlich versuchte er einfach, den Stier bei den Hörnern zu packen:

»Was war das eigentlich für eine Geschichte, die du mir damals geschickt hast?«

Sie blickte überrascht auf, sagte aber nichts. Er wartete geduldig. Schließlich nahm sie einen Schluck aus dem Weinglas und murmelte so leise, daß er sie kaum verstand: »Ich wollte es dir schon lange einmal erzählen, aber ich konnte nicht. Es ist eine alte Geschichte.« Dann stockte sie.

»Na?« meinte er aufmunternd.

»Es ist doch schon so lange her«, sagte sie schließlich.

»Das macht doch nichts. Erzähl nur.«

»Aber du darfst mich nicht auslachen.«

Er schwieg. Er wartete, daß sie weitererzählen würde. Schließlich fing sie an: »Es ist schon so lange her. Ich kann das niemand erzählen. Da lachen mich doch alle aus oder sagen: Sei froh, daß du den los bist.«

Er fragte noch einmal: »Was war denn, damals?«

»Damals hatte ich eine Beziehung. Nein, das ist nicht das richtige Wort.« Sie schluckte und sagte dann mit fester Stimme: »Ich habe ihn geliebt.« Dann schwieg sie wieder. Nach einer Weile redete sie weiter: »Es war so: Er war zwar noch verheiratet, aber schon in der Trennungsphase. Die Frau hatte sich entschlossen auszuziehen, war manchmal noch in der Wohnung, aber meistens weg. Wir sind uns am Nachmittag zufällig in der Stadt begegnet. Bis damals war gar nichts gewesen, zwischen uns, wie man so sagt. Aber ich war von Anfang an heftig in ihn verliebt. Ich war ihm immer wieder begegnet. Wenn ich ihn nicht sah, verfiel ich in einen Zustand so tiefer Verzweiflung, daß mir eines Tages klar wurde: Du kommst in deinem Leben um diesen Mann nicht herum. Du mußt dich dem stellen, oder du hast dein Leben nicht gelebt. Jedenfalls damals, an diesem Nachmittag, sind wir dann noch etwas zusammen trinken gegangen. Wir saßen da, aßen Würstel und wußten nicht so recht, was reden. Als er glaubte, ich schaue nicht hin, hat er mir einen Blick zugeworfen, der mir tatsächlich durch Mark und Bein gegangen ist. Im Grunde wußte ich es seit damals, obwohl er es mir nie gesagt hat: Dieser Mann liebt dich, und zwar mit einer Leidenschaft, die an Wahnsinn grenzt. Ich werde diesen Blick nie vergessen. Er hat mir angst gemacht.«

Sie machte eine Pause, holte tief Atem und wischte sich mit der rechten Hand über die Augen. Er berührte vorsichtig ihren Arm und hörte weiter zu.

»Trotzdem habe ich damals all meinen Mut zusammengenommen und mir gesagt: Du kannst dem nicht ausweichen. Wir haben dann immer weiter geredet, sind aus dem Café hinausgegangen, und plötzlich waren wir bei ihm zu Hause. Ich wollte gleich wieder gehen, aber dann bin ich doch geblieben. Er hat mir Spaghetti gekocht, und wir haben weiter geredet.«

»Über was denn?« fragte Il professore.

»Das weiß ich nicht mehr so genau, jedenfalls nicht über uns.«

»Kannst du dich an gar nichts erinnern?«

»Doch, an eine Sache. Er hat erzählt, daß er den Grabstein für seine Mutter, die noch lebte, schon bestellt habe, und mir genau geschildert, wie der aussah. Sonst weiß ich nichts mehr. Ich dachte nur immer: Der Mensch ist entsetzlich böse, aber du liebst ihn, da hilft alles nichts. Du kannst nicht davonlaufen. Irgendwann einmal sind wir dann in der Küche gestanden, er vor der Spüle, ich vor dem Herd, oder nein: ich ihm gegenüber, vor einer Anrichte; ich hatte ein Glas Rotwein in der Hand, und plötzlich bin ich auf ihn zugegangen, habe das Rotweinglas abgestellt und ihn umarmt. Geredet haben wir zuerst gar nichts. Er hat mich in die Arme genommen, meinen Rücken gestreichelt und gesagt: Ich hätte nie gedacht, daß du einen so feinen Rücken hast. Wir sind dann im Schlafzimmer verschwunden, er sagte noch, ich solle nicht über die Schwelle stolpern. Er sagte: Ich habe Angst. Ich hatte keine Angst mehr. Irgendwann einmal fuhr in der Ferne ein Zug vorbei, sonst war es still. Dann hörte man ein Geräusch an der Eingangstür, er stand auf, ich zog mich schleunigst an. Die Frau war gegen ihre Abmachungen zurückgekehrt. Ich stand fertig angezogen im Schlafzimmer, sie kam herein und sagte: ›Ich gehe ja schon.‹ Dann ist sie gegangen. Wir saßen dann am Bettrand. Er hatte noch nichts an außer seiner Armbanduhr. Er sagte: ›So ist das Leben.‹ Ich fragte, wann wir uns wiedersähen. Er sagte gar nichts, dann: ›Du wirst verstehen, daß ich dich jetzt nicht nach Hause begleiten kann.‹ Ich ging. Am darauffolgenden Sonntag war Muttertag.«

»Warum erzählst du das mit dem Muttertag?«

»Ich weiß nicht, es war einfach so.«

»Und dann? Hast du ihn wiedergesehen?«

»Ja, ich habe es jedenfalls versucht, aber er war immer nur zu ganz kurzen, nichtssagenden Gesprächen bereit. Damals wollte ich sterben. Und dann ist er in eine andere Stadt gezogen. Wir haben uns aus den Augen verloren.«

»Wirklich?«

»Nein. Ich habe immer wieder versucht, ihn zu treffen, habe ihm geschrieben, aber er ist auf nichts eingegangen. Nur einmal noch, da sind wir zusammen im Café gesessen, und da hat er gesagt: ›Wir haben es uns ja beide damals nicht geglaubt.‹«

»Was meinte er damit?«

»Ich weiß nicht. Oder doch: daß wir uns geliebt haben.«

»Und jetzt?«

Sie sagte nichts mehr. Sie weinte. Schließlich hörte sie auf.

»Möchtest du ihn wiedersehen?«

Sie war jetzt wieder munterer. »Das könnte ich jetzt ruhig. Jetzt ist das alles vorbei. Er hat einmal zu mir gesagt: Die wahre Liebe ist rein. Das habe ich überhaupt nicht verstanden. Aber jetzt verstehe ich es. Aber mein Leben möchte ich mit ihm nicht verbringen.«

Il professore rutschte ein wenig auf seinem Sessel herum, dann sagte er: »Und wie ist es mit mir? Ich meine das ganz im Ernst. Ich will deine töchterlichen Gefühle nicht mißbrauchen, aber ich habe einen anderen Vorschlag: Möchtest du mit mir dein Leben verbringen? Ich bin nämlich noch frei.«

Sie blickte lange zu Boden. Dann schüttelte sie den Kopf und sagte: »Du hättest mir gar nichts Lieberes sagen können. Aber inzwischen«, sie stockte kurz, »inzwischen kenne ich jemand anderen, mehr in meiner Altersklasse.«

Il professore blickte traurig auf seine Nasenspitze und anschließend auf seinen Teller und meinte dann: »Das habe ich mir ohnehin gedacht.« Dann faßte er sich wieder und meinte: »Du bist mir schon eine ...«

Sie lächelte ihm aufmunternd zu und sagte: »Du aber auch!« Dann stießen sie mit den Sektgläsern an.

»Wolltest du mir aber nicht noch etwas anderes sagen?« meinte er. »Wenn du es in diesem Jahr noch hinter dich bringen willst, mußt du dich beeilen.«

Sie errötete tatsächlich, aber dann sagte sie: »Der in meiner Altersklasse, von dem ich dir erzählt habe, den möchte ich heiraten, und dazu brauche ich deinen Segen!« Sie sah ihn mit großen strahlenden Augen an. Er war nur einen Moment verblüfft, dann nicht mehr, da er ohnehin mit einer solchen Enthüllung gerechnet hatte. Schließlich hatte sie ja das richtige Alter, und er war schon immer ein Pechvogel gewesen.

»Da du mich sowieso nicht um Rat fragst, ob der Betreffende paßt, kann ich dir nur sagen: Meinen Segen hast du. Und wie ich dich kenne, wird er sicher passen.« In diesem Augenblick begannen die Glocken, das neue Jahr einzuläuten, alles stürzte nach draußen, wo Raketen explodierten, um das Alte zu verscheuchen. Il professore nahm seine Adoptivtochter in die Arme und sagte: »Da kann ich nur sagen: Infiniti auguri! Unendliche Glückwünsche! Das ist eine schöne Geschichte.«

# In der Unterwelt

Nora wollte schon immer etwas über den Tod schreiben. Aber die ewigen Reportagen über Friedhöfe, besonders Hundefriedhöfe, Einäscherungen und Begräbnissitten waren ihr zu langweilig. So beschloß sie, ihre eigenen medialen Fähigkeiten auszuprobieren und zu einer Verstorbenen Kontakt aufzunehmen. Das Ergebnis dieses Versuches, der nicht ohne Folgen für ihr Leben bleiben sollte, legte sie in einer Erzählung nieder.

*In den frühen Morgenstunden des 19. April 1943 geschah etwas, was bis dahin niemand für möglich gehalten hatte, schon gar nicht die Nazis: Die Juden begannen zu schießen, als die Gestapo sie abholen wollte. Der Aufstand im Warschauer Ghetto hatte begonnen. Frau G. hat einer polnischen Journalistin vom Leben und Sterben im Warschauer Ghetto erzählt.*

Nora drehte das Radio leiser und machte sich an die Arbeit.

»Seit der Vater ihres Freundes einen Selbstmordversuch unternommen hatte, wurde Dora die Angst nicht mehr los, ihr Freund Max könne sich das gleiche antun. Vier Wochen später sprang eine Nachbarin Doras, die sie seit ihrer Kindheit kannte, kopfüber aus dem fünften Stock des Wohnhauses, in dem Dora ihre Kindheit verbracht hatte. Das gab ihr den Rest. Von nun an zitterte sie jedesmal vor Angst, wenn Max telefonisch nicht zu erreichen war.«

*Frau G. setzte sich gegen das gängige Klischee zur Wehr, daß die Juden wie Schafe zur Schlachtbank gegangen seien: ›Drei zwanzigjährige Mädchen, die mit den Kindern aus dem Ghetto in den Tod gegangen sind, freiwillig, obwohl sie sicher auch gerne gelebt hätten, erwähnt heute niemand mehr. Im Juli 1942 bin ich aus dem Haus gegangen und nie mehr nach Hause gekommen. Bis heute nicht. Manchmal träume ich von zu Hause. Wir sind wohl alle heimatlos.‹*

»Eines Tages wanderte Dora über den Friedhof von G., ihrer Heimatstadt, und blieb vor dem Grab der Selbstmörderin stehen, das noch dick mit Kränzen überhäuft war. Neben ihr verrichtete eine alte Frau vor einem verwitterten Steinkreuz ein Gebet. Vom fernen Uhrturm hörte sie eine Glocke schlagen.

Dora faltete automatisch die Hände und blickte auf das Grab von Irene, der Selbstmörderin. ›Hoffentlich ist ihr jetzt wohler‹, dachte Dora. Irene lag jetzt sicher still und friedlich in ihrem Sarg, Dora beneidete sie fast darum, denn auch ihr war die Lust am Leben beinahe vergangen. Sie wollte etwas Weihwasser auf das Grab spritzen, doch der Wedel war vollkommen vertrocknet, das Becken leer. In der Zeitung hatte kürzlich eine Meldung gestanden, daß jemand durch Bakterien, die im Weihwasser enthalten gewesen waren, an Lungenentzündung gestorben sei.«

*Die Kinderärztin A. S., die den Aufstand im Warschauer Ghetto mitgemacht hat, konnte im Kinderkrankenhaus dort oft nur die Morphiumspritze gegen die drohende Verschleppung anbieten.*

Nora hielt es nicht mehr aus und drehte den Radioapparat ab, in dem am Freitagnachmittag in einer Sendung mit Buchbesprechungen gerade Bücher über das Warschauer Ghetto besprochen wurden. Dann schrieb sie weiter:

»Etwas hielt Dora am Grabe fest: Sie hatte das Gefühl, die tote Irene wolle mit ihr Zwiesprache halten.

›Und, fühlst du dich jetzt wohler da unten?‹ meinte Dora.

›Wie man's nimmt‹, antwortete Irene. ›Aber eines sage ich dir: Tu es nicht, tu es lieber nicht. Ich bin ja jetzt bei den Toten, ich habe es nicht anders gewollt, aber für dich ist das nichts. Wenn du wüßtest, was ich sehe!‹

›Was denn?‹ fragte Dora neugierig.

›Eine graue Halle mit Tonnengewölbe, wie ein Flugzeughangar, an den Wänden Reihen von grauen Gestalten in langen Gewändern. Sie schwanken hin und her und heulen in einem fort, in einem steten, dumpfen, tiefen Ton. Das Reich der Toten ist furchtbar, bleib du lieber oben.‹

›Aber was soll ich hier?‹ fragte Dora.

›Was du sollst, was ist denn das für eine Frage! Du bist schließlich auf der Welt, also bleib dort!‹

›Aber du bist doch auch nicht geblieben‹, wagte Dora scheu einzuwenden.

›Bei mir war das etwas anderes‹, entgegnete Irene resolut. ›Ich hatte ja schließlich auch Gründe. Und außerdem war ich durch die jahrelange Einnahme von Medikamenten seelisch zerrüttet, das darf man nicht vergessen. Du bist noch viel zu jung, wart ab, was das Leben dir noch alles bringt. Um Max brauchst du dir keine Sorgen zu machen, für den ist hier unten noch lange kein Platz reserviert und für seinen Vater auch nicht.‹

›Gut‹, sagte Dora, ›wenn du meinst... Dich kann ich

zwar nicht mehr lebendig machen, aber vielleicht erzählst du mir ab und zu etwas aus der Unterwelt.‹

›Gerne‹, meinte Irene. ›Ich bin nur noch etwas neu hier. Du weißt, ich bin bei meinem Selbstmord auf den Kopf gefallen. Schädelbasisbruch, hat der Arzt gemurmelt, den ich früher oft in unserem Gasthaus bedient habe, Kalbsbeuschel mit Knödeln war sein Lieblingsgericht, das Bier immer mit Bierwärmer. Meine sogenannte Seele, die übrigens in der Form einem Bierwärmer ähnelt, länglich und schmal ist sie, hatte durch den Sturz auch etwas abbekommen. Sie war leicht schräg verbogen, am oberen Ende, so daß ich meine neue Umgebung nicht so recht wahrnehmen konnte. Außerdem war sie beim heftigen Aufprall auf den Kopf etwas zusammengestaucht worden und konnte nur mit Mühe aus meinem Mund ausfahren. Zuerst also lag ich wie ein ramponierter Bierwärmer in der Totenhalle, die ich dir soeben geschildert habe, ohne mehr von meiner neuen Umgebung wahrzunehmen als das schon erwähnte Heulen. Nach und nach verstand ich dann doch etwas. Es war ein Willkommensgruß spezieller Art, denn ich war die 5 000 000. Selbstmörderin in diesem Jahr (weltweit) und bekam als Begrüßung einen Strauß klappernder Knochen in die Hand gedrückt, in die Seelenhand natürlich. Nach einer Weile trat ein Schatten mit einem langgezogenen Hals auf mich zu, der liebe Anton, den du auch gekannt hast und der mir vor fünf Jahren in den Tod vorausgeeilt ist, durch Aufhängen am Wohnzimmerluster, ebenfalls kurz vor Weihnachten. Auch er hat ja gern einen gehoben, zu seinen Lebzeiten, manchmal auch in meinem Lokal, ein kluger Mann, ein feiner Mann. Durch ihn fühle ich mich hier nicht mehr so fremd.‹«

Nora schaltete den Radioapparat wieder ein.

*S. G. erzählt, wie quälend es war, sich vor jeder Kirche zu bekreuzigen, die SS-Männer freundlich zu grüßen, über antisemitische Parolen teilnahmslos zu lächeln.*

»›Wie geht es ihm denn?‹ fragte Dora.

›Gut. Stell dir vor, jetzt kann er sich wirklich mit all den großen Geistern unterhalten, deren Bücher er zu Lebzeiten gelesen hat. Mit Čechov redet er besonders gerne, sie diskutieren ständig darüber, ob *Onkel Wanja* wirklich ein gutes Theaterstück ist oder nicht. Der liebe Anton hat schon einige Verbesserungsvorschläge angebracht, Čechov scheint nicht abgeneigt. Besonders gerne schimpfen sie übrigens über die heutigen Autoren, da kann es ihnen keiner recht machen.‹

›Was werfen sie ihnen denn vor?‹

›Zuchtlosigkeit. Keiner beherrscht mehr die Form, von einigen wenigen Ausnahmen abgesehen. Und das Arbeiten mit der Feile haben sie sowieso verlernt, das Glätten der Ecken und Kanten. Der liebe Anton regt sich auch über die moralische Laxheit auf, die hat er noch nie ausstehen können. Aber das Wort, das ich am meisten höre, ist GESCHWÄTZ. Du solltest einmal die Verachtung hören, mit der sie das betonen. Der liebe Anton fuchtelt dann mit den Händen herum und wird ganz wild, ich höre nur ENGAGEMENT, WAHRHAFTIGKEIT, DIE FORM, das ruft er besonders oft, ab und zu schweift er auch ins Gebiet der Architektur ab, dann schreit er: HÄUSER WIE KANINCHENSTÄLLE, BÜCHER WIE BUCHSTABENFÄLLE – im Sinne von: Regenfälle, erklärt er dann Čechov –, alles kommt einfach aufs Papier gefallen, wie Regentropfen oder Schneeflocken, nichts gesiebt, nichts strukturiert, einfach, wie's kommt, und das soll Literatur sein. GESCHWÄTZ, stößt er dann wieder hervor, SCHWÄTZERSCHREIBER, höre ich ihn zischen, SEELENMÜLLABFUHR, was hätten DANTE, SHAKESPEARE, FLAUBERT dazu gesagt, das ist seine heilige Dreifaltigkeit. Ich bin ja nur neugierig, wann er sie endlich nach ihrer Meinung fragt, Gelegenheit dazu hat er ja jetzt‹, schloß Irene.

Dora jedoch war nicht weiter an Literatur interessiert. ›Wieso bist du eigentlich nicht im Himmel, oder gibt's den gar nicht?‹ fragte sie. Irenes Stimme klang dumpf, als sie durch den sicher noch nicht vollständig verrotteten Sargdeckel und die Erde zu ihr drang: ›Solche Fragen laß du lieber bleiben‹, meinte sie etwas ungehalten. Hier bin ich noch, weil ich meine Tochter allein lassen mußte, um der Erde zu entgehen, und die hätte mich noch gebraucht. Aber von hier aus kann ich ihr in ihren Träumen erscheinen.‹«

Nora zog den Bogen aus der Schreibmaschine und warf ihn in den Papierkorb. Die Sendung im Radio und dann ihr Text, das war unmöglich. Sie glaubte, nie mehr etwas schreiben zu können. Ihre Kindergartentante war vor einigen Tagen gestorben und sollte heute begraben werden: Nora machte sich auf den Weg zum Friedhof. Doch auf dem Friedhof war niemand. Sie ging in ihre Wohnung zurück und rief ihre Mutter an. Die Mutter erzählte ihr, daß die Tante sich habe einäschern lassen. Nora wunderte sich nun nicht mehr, daß der Friedhof leer gewesen war. In der Nacht hatte sie einen Traum: Eine Krähe und eine Dohle rissen sich gegenseitig mit dem Schnabel das Herz aus der Brust und warfen es auf den Boden, in den ein großer gelber Davidstern eingezeichnet war. Das Herz der Krähe schlug Wurzeln und entwickelte sich zu einem

Baum, das der Dohle nicht. Am nächsten Tag las sie in der Zeitung einen Artikel von einem Kämpfer aus dem Warschauer Ghetto, der berichtete, das Herz der Krähen sei eßbar gewesen, das der Dohlen nicht. Sie konnte den Bildern nicht mehr entkommen und schaltete den Fernseher ein, das Kinderprogramm. Es lief gerade eine Sendung über verletzte Kinder in Sarajewo. Ein kleines, etwa achtjähriges Mädchen lag in einem Bett und erzählte, wie es beim Wasserholen mit seiner Schwester von einer Granate getroffen worden war. »Und dann war alles rot, Blut auf meinen Beinen, auf meinem Bauch und in meinem Gesicht. Aber die Oberschwester hat mir versprochen, wenn die Wunden nicht mehr nässen und ich wieder gehen kann, dann schenkt sie mir ein Paar Schuhe, richtige Schuhe mit Stöckeln, und dann stehe ich auf und gehe durch die Straßen, daß es richtig klappert, und dann komme ich nach Hause und klappere mit den Schuhen die Stiegen hinauf, und dann bin ich bei meiner Mama und meinem Vater und meiner Schwester und sage: ›Jetzt bin ich wieder da und gesund!‹ Im nächsten Bild sah man die Oberschwester, wie sie dem kleinen Mädchen die Decke wegzog. Das linke Bein war unterhalb des Hüftgelenks weggeschossen. Nora drehte den Fernseher ab und versuchte, ihre Geschichte doch weiterzuschreiben.

»Am nächsten Tag kehrte Dora zum Grab Irenes zurück. Sie ließ den Kopf hängen und glich der Trauerweide, die hinter dem Grabstein wuchs. Lange stand sie, ohne ein Wort zu sagen. Dann wandte sie sich wieder an Irene:

›Hilf mir, ich bitte dich‹, sagte sie mit leiser Stimme. ›Hilf mir auf der Erde leben.‹ Irenes Stimme drang leise an Doras Ohr. ›Hör mir gut zu. Gestern habe ich mich lange mit einem alten Ratsherrn aus Lindau unterhalten, der mir die Geschichte von einem Judenknaben erzählt hat, der 1772 mit 14 Jahren dort gestorben ist. Er hat mir berichtet, wie er begraben wurde bzw. wie der Stadtschreiber das Begräbnis geschildert hat und mir das Ganze gleich aufgeschrieben, wir haben hier nämlich auch Schreibmaterial zur Verfügung. Ich lese sie dir nun vor, hör gut zu:

›*Den 16. April 1772 geschah beim löblichen Bürgermeister die Anzeige, daß heute früh auf dem sogenannten Schäferhof in der Scheune ein jüdischer Pursch mit Tod abgegangen sei. So bekam ich den hohen Auftrag, mich dahin zu begeben, die Sache bestmöglichst zu untersuchen und den todten Körper von da weg und zum Totengräber zu transportieren und denselben hernach an dem sogenannten Armesünderort vor dem Kirchlein auf dem hiesigen Gottesacker begraben zu lassen.*

*Bei der Ankunft traf ich noch des Abgelebten Schwester, ein armes 19jähriges Judenmädchen an, und von demselben, das sich Vöglein nannte, war zu vernehmen, daß ihr toter Bruder Moyses, und so auch der noch lebende Vater heiße, und daß er von Wisen nächst Donauwörth gebürtig und 14 Jahre alt sei. Sie wären vor ca. 3 Wochen aus der Heimat in Gesellschaft noch anderer 9 Betteljuden weggereiset, in der Absicht, das bevorstehende Osterfest in Hohen Embs zu feiern. Der Abgelebte sei unterwegs immer kränker geworden, habe geschwollene Beine bekommen, und gestern bei spätem Abend hätte die ganze Judenwaar die Herberge in dieser Scheune gehabt, und der Bruder wäre heute früh um 2 Uhr ganz plötzlich gestorben. Sie bat hiebei mit vielem*

*Weinen, dessen Cörper von der Stelle nicht wegzuführen, noch weniger zu begraben, denn die bei seinem Sterben zugegen gewesten 9 Juden hätten sich sogleich auf den Weg nach Embs gemacht, um daselbsten die Nachricht von diesem Vorfall zu überbringen und die Anstalt zu treffen, daß ihr Bruder gegen Lösegeld von hier verabfolgt werde. Sie hoffe ganz sicher, daß heute noch Juden, und zwar reiche Juden von Embs sich hier einfinden und für den Fall der Ausfolgung des toten Cörpers ganz gerne bezahlen würden, was man verlange.*‹

Dora schüttelte den Kopf und fragte Irene: ›Aber das waren doch ganz andere Zeiten.‹

›Denk nicht zuviel nach, hör lieber zu‹, meinte Irene und fuhr fort.

›*Der Körper wurde hernach in ein Leinlach eingenähet und in einer alten Truhe auf den von dem Beständer des Leiblachpergischen Guths Weißhaupt hergelehnten Wagen geladen und in Begleitung des mitgenommenen Commandanten nebst des Todten-Gräbers Sohn von Eschach damit abgefahren. Unterwegs, beim Haus des Zollers Achberger, fanden sich die Schranken geschlossen, und der Zoller nebst Herrn Pfarrer Geisser aus Bösenreutin stunden allda. Der Herr Pfarrer wollte eine Protestation wider die Durchführung dieses Cadavers einlegen und sich sein ihm davon gebührendes Stolrecht reservieren, es wurde ihm aber entgegnet, und zwar in aller Kürze, daß man seine vermeyntliche Protestation gar nicht begreifen und deswegen solche auch nicht annehmen könne. Vielmehr glaube man, daß er nur zur Bestattung der Christen und nicht der Juden aufgestellt sei und davon seine Gebühren zu beziehen habe. Wollte er aber auf seiner Protestation beharren, so müßte er solches an gehörigem Ort tun, was er auch zu tun versprach, und zwar bei seiner Behörde.‹*

Dora hörte mit zunehmendem Interesse zu. Abgaben für den Transport der Leiche eines Judenknaben, das waren auch keine rosigen Zeiten gewesen! Aber der Schreiber schien immerhin auf der Seite der Juden gestanden zu haben.

›Was ist denn das für ein Herr, der dir diese Geschichte erzählt hat?‹ fragte Dora.

›Ein aufgeklärter Herr jedenfalls‹, meinte Irene. ›Horch nur weiter‹:

*›Mittlerweile wurde dem Zoller sein frevelmüthiges Unternehmen scharf verwiesen und ihm in obrigkeitlichem Namen befohlen, die Schrancken sofort zu öffnen, was er aber mit Rücksicht auf den Pfarrer solange nicht tat, bis ich ihm solches bei Strafe von 20 Reichsthalern gebot. Er gehorchte schließlich und machte dabei die hohle Entschuldigung, daß er mit dem Schließen der Schranken nur seine Pflicht und Schuldigkeit habe tun und den gebührenden Zoll beziehen wollen. Ich verließ ihn darauf mit der Bedrohung, daß ihm sein hochanstößlicher Frevel ohnfehlbar bei Hoher Obrigkeit zu großer Verantwortung stehen werde. Danach ging der Transport ohne weiteren Anstoß bis ins Totenhaus vor sich, und dem Totengräber wurde einstweilen befohlen, bis auf weitere Ordre den Cörper tale quale unbegraben allda liegen zu lassen. Der Abgelebte hatte nichts als Lumpen hinterlassen, bestehend in 1 grauen Camisöhle, sodann in 1 Säckle, worinnen 2 zerrissene Hembder, 2 paar leinene zerrissene Strümpfe, 1 paar rothe Weiber-Strümpf, 1 alte Weiber-Haube, 1 Gebetbüchle und die 10 Gebothe befindlich waren.*

*Abends gegen 7 Uhr erschienen 2 mit Extrapost anherogereiste Hebräer namens Salomon Meyer und Benjamin Burgauer, des Juden Uffenheimer Stiefsohn von Embs, bei des löblichen Bürgermeisters Amt und baten unterthänig, ihnen die Erdenbestattung des Verstorbenen, und zwar nach ihren Gesetzen und Gewohnheiten, gnädig zu erlauben. Man fand zwar keinen Anstand, diesen Hebräern hierin zu willfahren, doch mit der Bedingung, daß es an eingangs gedachtem Platze innert der Mauern des Gottesackers vor dem Kirchlein geschehen und die schuldigen Gebühren vorher richtig abgetragen werden müßten. Die Juden erboten sich gerne zu letzterem; in Ansehung des loci sepulturae aber schützten sie vor, daß der angewiesene Ort ihren Gesetzen zuwider wäre. Es wäre ihr unterthäniges Gesuch, mit der Beerdigung des Verstorbenen bis morgens früh zuzuwarten, indem noch 3 Hebräer von Embs würklich unterwegs seien und in wenigen Stunden bei dem Post-Pferdehalter auf der Aachbrugg eintreffen sollten. Mit selbigen wollten sie sich dann unterreden, ob der angewiesene Begräbnisort ihnen zulässig und ihren Gesetzen nicht zuwider sey.*‹

Dora wurde langsam etwas unruhig. ›Irene‹, flüsterte sie, ›der Friedhofswärter schaut schon dauernd her zu mir, was ich hier so lange mache, auf deinem Grab. Er glaubt wahrscheinlich, ich führe Selbstgespräche, oder er hält mich für übergeschnappt. Kannst du die Geschichte nicht etwas kürzer fassen?‹

Irene erklärte dezidiert: ›Nein. Außerdem möchte ich mich noch mit dem lieben Anton unterhalten, über einige Unklarheiten dieser Erzählung, er kennt sich aus in diesen Sachen. Geh du nur nach Hause und spende wenigstens inzwischen etwas für die Kriegsopfer, anstatt dich davon in Verzweiflung stürzen zu lassen. Das nützt niemandem etwas, am wenigsten diesen Kindern. Also bis morgen.‹

Dora ergriff den vertrockneten Weihwasserwedel, beschloß, das Becken bei nächster Gelegenheit wieder aufzufüllen, und machte sich auf den Heimweg, am Friedhofswärter vorbei, der sie neugierig musterte, aber nichts sagte.«

Nora schaltete wieder das Radio ein und geriet in eine Sendung, in der bosnische Ärzte dagegen protestierten, daß im Westen seit einem halben Jahr mit Elendsbildern über die Medien bloß Mitleid erregt würde, aber sonst nichts geschähe für die Opfer. Es fehle vor allem an Verbandmaterial im Moment, ansonsten müßte der Krieg endlich beendet werden. Nora ging auf die Bank und zahlte eine größere Spende ein, in der Hoffnung, daß sie auch dort ankäme, wo sie nötig war. Am nächsten Tag machte sie sich in aller Frühe wieder auf den Weg zum Friedhof. Der Wärter war nicht in Sicht, so daß sie sich ungestört fühlte. Auf dem Grab Irenes lag ein Kranz aus Immergrün, im Becken war genügend Weihwasser vorhanden. Sie sprach ein Gebet für Irene und besprühte das Grab mit Weihwasser, zu Hause setzte sie sich wieder an die Schreibmaschine.

»Am nächsten Morgen machte sich Dora auf den Weg zum Friedhof. Sie hatte eine Flasche Weihwasser bei sich, um das Becken auf dem Grab zu füllen. Dem Wärter wollte sie erzählen, daß sie die Tochter Irenes sei, die das Grab ihrer Mutter pflege. Als sie den Friedhof betrat, war niemand zu sehen. Sie füllte das Becken und richtete dann das Wort an Irene.

›Na, hast du etwas herausgebracht, über Nacht, oder habt ihr da unten keine Nacht?‹

›Guten Morgen. Frag nicht immer solche Sachen, das wirst du schon selbst noch sehen. Ich habe mich inzwischen mit dem lieben Anton unterhalten. Stell dir vor, der Pfarrer war damals sogar im Recht, die Gebühren für den Transport der jüdischen Leiche zu fordern, aber der Stadtschreiber scheint tatsächlich ein aufgeklärter Beamter gewesen zu sein, der sich solchem Ansinnen des Klerus mit Absicht widersetzte. Die Geschichte geht dann so weiter: In der Nacht kamen tatsächlich die drei Hebräer aus Hohenems an und faßten den Beschluß, daß der Knabe Moyses in Lindau auf dem Kirchhof in der Armesünderecke begraben werden könne. Der liebe Anton hat mir übrigens auch erzählt, daß der Begräbnisplatz 1617 vom Rat zum Begräbnis der Malefikanten eingerichtet wurde und daß die Namen einer ganzen Reihe von Verbrechern, Kindsmörderinnen und Selbstmördern bekannt sind, die hier begraben wurden. Jetzt lese ich dir aber die Aufzeichnungen des Stadtschreibers weiter vor:

›*Die Begräbniszeremonie bestand darauf in folgendem. Der Todtengräber mußte ein küpfern Kesselin über das Feuer setzen, in welches ein Jud, der ein Schulmeister in Embs war und Marx hieß, Wasser gegossen und dasselbe lau darin gemacht hatte, worauf ein anderer Jud mit einer vom Todtengräber hergegebenen neuen irdenen Schüssel dieses Wasser geschöpft und nach der Anweisung des vorerwähnten Marxen über den Todten gegossen, dabei daneben dieser Marx den Cörper allenthalben und zwar mit dem von Leiblachsperg mitgebrachten Leintuch gereinigt. Nach gänzlich vollendeter Abwaschung des Cörpers nahm der Marx den übrigen Rest des Wassers und schüttete solches unter einem kleinen hebräischen Geplapper aller 5 zugegen gewesten Juden über den Todten, es wurde aber dabey sehr wohl acht gegeben, daß weder an die Sterbekleider noch an den Sarg etwas Nasses komme. Hierauf kleidete der Marx den Cörper auf diese Art ein: Es wurde demselben mit größter Geschwindigkeit und Vorsicht ein sauber Hemd und weiße leinene lange Hosen angezogen, der Kopf mit einer weißen Haube und die Füße mit baumwollenen Socken versehen, um den Hals ein weißes Krägele gethan, hinnach dem Todten das genannte Sterbekleid, in einem langen, gefalteten und mit weiten Ärmeln versehenen Schlafrock von weißer Leinwand bestehend, angezogen und darauf derselbe in den Sarg gelegt. Nachher wurden über oder um den Kopf des Verstorbenen die sogenannten 10 Gebothe, welche die Juden in der Synagoge über das Haupt zu hangen pflegen, gethan, eine von den daran gehangenen Schlaufen unter Sprechung einiger hebräischer Worte aufgemacht, die irdene Schüssel, womit man das Wasser geschöpfet, zerschmissen und 3 Scherben davon, und zwar einen auf den Mund, die anderen zwey aber auf beide Augen gelegt, mit der mir gegebenen Erläuterung, daß solches zum Beweis und Andenken der Lebendigen dienen müßte, daß der Mensch Erden seye, von der Erde komme und wieder zur Erden werden müßte.*

*Hierauf nahm der Marx das dem Todten vorhin abgezogene Hembd nebst dem Tüchlein, womit er denselben abwischte, zur Hand, und die übrigen 4 Juden legten den Sarg auf den Schragen, nahmen ihn auf und trugen ihn auf den Achseln vom Totenhaus weg an den angewiesenen Ort vor dem Kirchlein. Beim Niederstellen desselben warf der Marx obiges leinenes Geräthe in das Grab, langte mit der Schaufel daraus etwas Erden, wovon er eine Handvoll in einen weißen Überzug tat, und so thaten auch die anderen Juden. Dabei eröffnete er mir von selbst, daß diese Ceremonie die Ursache der Andichtung sei, daß sie den Verstorbenen einiges Geldt mit in das Grab gäben.*

*Diese Halskrause mit Erde legten sie dem Todten unter den Kopf und alle zusammen sprachen dabey laut: Bruder, verzeih uns, wenn wir dir was zuleid gethan, wir thun nur das an dir, was wir den Todten schuldig sind, Gott der Allmächtige sey dir und uns gnädig! Worauf jeder einen Nagel in den Sarg schlug, durch den Todtengräber und seinen Sohn denselben just um 7 Uhr ins Grab senken ließen und hinnach einer nach dem anderen Erden in das Grab schaufelten. Die gesamte Judenschaft bezeigte sich hierauf gegen mich recht rührend dankbar, sie contestierte bei göttlichem Namen diese große obrigkeitliche Gnade an höchst und hohen Orten anzurühmen und durch Herrn Senatorem Frey alle Gebühren zu vollkommenem Vergnügen abtragen zu lassen.*

*Welches alles um künftiger Gedächtnuß willen pflichtmäßig zu referiren die Ehre hat registrator Riesch.‹*

Eine Kostenrechnung lag dann auch noch bei, berichtete Irene, aber damit wäre die Geschichte beendet.

›Und was soll ich damit?‹ meinte Dora.

›Das bleibt dir selber überlassen‹, entgegnete Irene. ›Jedenfalls muß ich jetzt zum Frühstück mit dem Ratsherrn und dem lieben Anton, wir unterhalten uns meist sehr angeregt. Komm bald wieder und schütte nicht zuviel Weihwasser auf mein Grab, denn bei uns regnet es dann. Schirme gibt es hier leider keine. Lebwohl, aber wirklich: LEB wohl.‹

Dora nahm den Wedel, sprühte eine minimale Flüssigkeitsmenge über das Grab und machte sich dann auf den Heimweg. Vor dem Friedhofstor wartete der Wärter auf sie.

›Gnädige Frau, ich muß Sie leider auf einen Verstoß gegen die Friedhofsordnung aufmerksam machen. Weihwasser darf nur aus dem auf dem Friedhof aufgestellten Behälter nachgefüllt werden, nicht aus mitgebrachten Flaschen. Wie Sie vielleicht wissen, hatten wir kürzlich in der Stadt einen Fall von Lungenentzündung infolge von Weihwasserbakterien. Ich muß Sie also bitten, in Zukunft nur mehr unser garantiert keimfreies Weihwasser zu verwenden. Für dieses eine Mal sehe ich noch von einer Anzeige ab. Gelobt sei Jesus Christus!‹

Dora hätte fast ›In Ewigkeit Amen‹ gemurmelt, hielt sich aber zurück. Beim Verlassen des Friedhofs warf sie noch einmal einen Blick auf Irenes Grab, auf dem der Kranz Immergrün friedlich in der Morgensonne glänzte. Dann machte sie sich auf den Weg nach Hause.«

Nora zog den letzten Bogen aus der Schreibmaschine und schickte die Geschichte an die Redaktion. Dann wollte sie einen Spaziergang machen, wurde aber plötzlich von einem quälenden Husten befallen. Der Arzt, den sie deswegen am Nachmittag konsultierte, stellte jedoch nur eine leichte Bronchitis fest.

# Die Pioniere der Moderne

»Jetzt gehe ich noch meinen kalten Misteltee trinken, und dann muß ich in die Stadt, einkaufen.«

»Wieso kalten Misteltee?«

»Den habe ich mir gestern abend gekocht, gegen den hohen Blutdruck. Aber dann habe ich mich hingelegt, bis er auskühlt, und dabei bin ich eingeschlafen. Gestern hatte ich übrigens auch mein erstes Kocherlebnis: Tortellini. Sie waren ungenießbar. Ich habe sie ins kalte Wasser geworfen. Das Ergebnis: ein Brei. Meine Tochter hat, als sie zum ersten Mal mit acht Jahren selbst Spaghetti gemacht hat, den Sugo einfach ins Kochwasser der Nudeln geschüttet und sich dann gewundert, daß sie nicht schmeckten. Aber auf dem Glas sei gestanden: Im warmen Wasser wärmen. Was ein Wasserbad ist und daß sie das Glas ins Wasser hätte stellen sollen, hat sie natürlich nicht gewußt. Wenn man jemand in Südtirol erzählt, daß man den Sugo nicht selber macht, wird man angeschaut, als ob man nicht normal sei. Aber so ist das nun einmal.«

»Du machst gute Fortschritte. Hast du übrigens schon Möbel?«

»Nein, das weißt du doch, und ich mag gar nicht mehr nach Hause, meine Ex-Frau, du kennst sie ja. Jedesmal ein Kampf. Die Bücher liegen alle am Boden herum.«

»Aber immerhin, kochen kannst du schon. Also, noch einen schönen Samstag. Du weißt, ich habe Telefon.«

Fini ging in die Küche und setzte sich an ihren echten Thonet-Marmor-Kaffeehaustisch. Sie trank nicht Misteltee, sondern Schwarztee. Fini lebte allein in einer Drei-Zimmer-Wohnung, was ihr gut gefiel, trotz der Unkenrufe der Umgebung: »Du wirst noch eine alte Jungfer! Brauchst du denn so was? Solltest du dir nicht endlich ein Kind anschaffen, bald ist es zu spät« und so weiter. Die ihr bekannten Ehepaare gaben ihr nicht gerade das Gefühl, daß die Ehe das einzig Wahre sei, deshalb schlug sie sich vorläufig lieber allein durch. Als Rettungsanker bei Einsamkeitsanfällen hatte sie ihren Freund Sigi, 200 km entfernt, aber telefonisch meist erreichbar, vor einem Jahr zu Hause ausgezogen und ein alter Bekannter seit zwanzig Jahren.

Fini schaltete den Radioapparat ein und geriet mitten in einen Vortrag. Interessiert spitzte sie die Ohren: Da ging es ja um sie! Eine angenehme weibliche Stimme sprach über einzeln lebende Personen, sogenannte Singles. Die Quintessenz des Vortrags war, daß bei Paarbeziehungen die Balance zwischen Distanz und Nähe das wesentliche sei, während sich Singles mit der Spannung zwischen Progression und Regression auseinanderzusetzen hätten. Viele stürzten sich in übertriebene Hektik, Geselligkeit und Aktivitäten, um ihre Einsamkeitsgefühle zu übertönen, und scheuten sich vor dem manchmal nötigen Rückzug, da sie dadurch in gefährliche Nähe zur Depression gerieten, und die Depression fürchteten anscheinend alle wie der Teufel das Weihwasser. Singles hätten oft mit Verlassenheitsgefühlen zu kämpfen, die Todesängsten nahekämen. Sie seien die modernen, selbstreflexiven Subjekte, die ihre Krisen wieder produktiv zur Konstitution ihrer eigenen Persönlichkeit einsetzten. Obwohl man das Single-Wesen normalerweise der Postmoderne zuzuschreiben pflege, treffe in Wirklichkeit etwas ganz anderes zu: Singles seien die Pioniere der Moderne.

Das gab Fini ein ganz neues Lebensgefühl. Eine Pionierin der Moderne, das klang nicht schlecht. Mit neuem Schwung briet sie sich zu Mittag in der Küche ihr Schnitzel, das sie mit Senf und Karottensalat verzehrte, da sie abmagern wollte. Sie erinnerte sich daran, eben in dem Vortrag gehört zu haben, daß Singles oft geradezu erschütternde Aha-Erlebnisse hätten, wenn ihnen klar wurde, daß sie allein auch Dinge essen dürften, die ihnen vorher ihre Lebenspartner verboten hätten, z. B. Frühstückssemmeln ohne Honig. Aber Fini hatte sich beim Essen noch nie einen Zwang angetan. Wenn sie mit der Körner-Welle mitschwamm, hielt sie sich an gesunde Nahrung wie Buchweizenrisotto oder Omeletten aus Dinkelmehl, wenn sie das Bedürfnis nach Sünde hatte, schwelgte sie schon zum Frühstück in dick mit Butter und Orangenmarmelade bestrichenen Semmeln und Schlagrahm zum Kaffee. Dann paßten ihr zwar nach einiger Zeit die Röcke ihrer Kostüme nicht mehr, aber schließlich gab es dehnbare Jersey- und Strickensembles, die ihr auch nicht schlecht standen und die den Bauch nicht zum Mittelpunkt des Lebensinteresses hochstilisierten.

Das Saulus-Paulus-Erlebnis in dieser Hinsicht war ein Frühstück mit einem holländischen Schriftsteller gewesen, den sie bei einer Lesung kennengelernt hatte. Auf dem Frühstücksbuffet stand effektvoll aufgebaut eine Sektflasche, und Fini schenkte sich ein Glas ein, mit der Bemerkung: »Für den Kreislauf.«

»Was ist das, der Kreislauf?« hatte der holländische Schriftsteller gefragt. »In Holland haben wir keinen Kreislauf.«

»Und wozu duschen Sie in der Früh mit kaltem Wasser?«

»Ich dusche nie mit kaltem Wasser, weder morgens noch abends.«

»Manche Bedürfnisse scheinen nationalitätsabhängig zu sein. Was sagen Sie in Holland, wenn Sie zuviel gegessen und getrunken haben? Wofür ist das gut oder schlecht?«

Der Schriftsteller köpfte sein weiches Ei mit einer eleganten Bewegung und meinte: »Dann hat man eben gesündigt, und das Unwohlsein ist die Strafe für die Sünde. Wir haben keine Leber, die für alles zuständig ist, wie in Frankreich, wo die Leute nach üppigen Fressereien von der crise de foie geschüttelt werden. Ich komme aus dem katholischen Teil.«

Fini fand das sehr erfrischend. Das Gewissen als Ersatz für die Leber, das war sicher ein weiterer Schritt zur Selbstverantwortung, die sie als Pionierin der Moderne natürlich zu leisten hatte. Aber der Mond war auch manchmal dicker und manchmal dünner, deshalb drückte sie das Problem der Selbstverantwortung bei der Nahrungsaufnahme nicht besonders.

Das mit den Todesängsten war schon ein ernsteres Kapitel. Da konnte auch sie mitreden. Schließlich war sie tatsächlich in ihrer Wohnung schon einmal knapp dem Tode entronnen, in der Epoche, als sie den Ärger noch in sich hineinfraß und an Magengeschwüren litt. Eines Abends war ihr plötzlich schlecht geworden, sie war ins Bad gewankt und auf dem Boden wieder aufgewacht. Am

Waschbecken zog sie sich mit Mühe hoch, und dann erblickte sie im Badezimmerspiegel ein Gesicht, das das ihrige sein mußte. Es erinnerte sie an eine Kreuzung aus Gespenst und Vampir. Die Farbe war graugrün. Die Unterlippe durchgebissen, zwei Vorderzähne ausgeschlagen. Das Blut rann ihr übers Kinn, die Zähne waren beim besten Willen nicht mehr auffindbar. Sie konnte sich gerade noch zum Telefon schleppen und den Notarzt anrufen, glaubte aber immer noch, daß sie eigentlich nur an Kreislaufstörungen leide. Dann wurde sie ins Krankenhaus gebracht und landete gleich auf der Intensivstation.

Der anschließende Aufenthalt in einem ganz gewöhnlichen Zimmer mit noch zwei ganz gewöhnlichen Frauen dauerte ein paar Wochen. Zum Glück gab es schon ein Medikament, mit dem man eine Operation umgehen konnte. Die eine Frau war eine Bulgarin, die ständig Besuch von der ganzen Familie bekam, die große Gläser mit Essiggurken, Pralinen, Leberkäsesemmeln und alles mögliche andere anschleppte. Leider konnte Fini nicht mitessen, da sie zuerst an Schläuchen hing und dann Diät bekam. Die zweite Frau war zu Hause gestürzt, auch sie lebte allein und hatte Probleme mit der Niere. Außerdem litt sie an religiösen Wahnvorstellungen. Eines Tages saß sie in einer Ecke des Zimmers und starrte Fini mit einem Ausdruck an, den diese nur als unverwandt bezeichnen konnte. Fini fühlte sich unbehaglich und fragte, ob etwas nicht stimme. Nein, nein, hieß es, sie habe nur drei große Wunden in ihrem Leben empfangen, und wenn sie eine davon spüre, dann bete sie immer drei Vaterunser. Fini sagte: »Lassen Sie sich nicht stören.«

Später erzählte ihr die Frau von ihren Erfahrungen als Pfarrersköchin. Sie war mit einem hohen Geistlichen verwandt und hatte deshalb früher öfter auf Pfarrhöfen ausgeholfen. Nach einem Hochamt gab es beim anschließenden Mittagessen für die Geistlichen immer mindestens zwei Sorten Braten, meist Kalb und Schwein, und mehrere Gemüse. »Wenn Sie wüßten, wie das ist auf dem Land«, meinte die Frau geheimnisvoll. »Die Leute stellen sich immer vor, die Beichtväter interessieren sich für ihre Sünden und beichten deshalb lieber beim auswärtigen Pfarrer. In Wirklichkeit ist denen das vollkommen gleichgültig. Das Mittagessen interessiert sie viel mehr; was vorher war, vergessen sie schleunigst.«

Fini mußte daran denken, daß auch die Beichte wichtig war, für das moderne Individuum, das sich vor allem über das Schuldbewußtsein konstituierte, und dachte, daß man bei Pfarrersköchinnen vielleicht Dinge erfahren konnte, die die Ergebnisse der Wissenschaft in Frage stellten. Aber die Pfarrersköchin als Auskunftssubjekt für soziologische Forschungen war anscheinend noch nicht entdeckt. – Das jedenfalls war Finis Begegnung mit dem Tod gewesen, und seither war sie sicher einen Schritt weiter auf dem Weg zum autonomen modernen Subjekt mit Selbstverantwortung.

Am nächsten Tag telefonierte Fini mit Franz, einem allein lebenden Artgenossen in 400 km Entfernung, mit dem sie früher zusammengewohnt hatte.

»Stell dir vor, ich muß dir unbedingt etwas erzählen, weißt du, was wir sind?«

»Nein. Ich weiß überhaupt nicht, was du meinst.«

»Wir sind die Pioniere der Moderne.«

»Wer: wir?«

»Du und ich, zum Beispiel. Einzeln lebende Menschen, die heutzutage als Singles bezeichnet werden. Aber der Ausdruck Singles hat mir noch nie gefallen. Wir sind Pioniere der Moderne. Wie findest du das?«

»Furchtbar. Ich habe dir doch schon immer gesagt, ich will mit der Moderne nichts zu tun haben, ich möchte sie am liebsten zerstören. Das ist doch gerade der Fehler der Menschen, daß sie modern sein wollen, daß sie Subjekte sein wollen. Das Subjekt ist der Mensch in der Dauerpubertät. Immer in der Revolte. In Wirklichkeit muß der Mensch vollkommen in den Institutionen aufgehen, alles andere hält er nicht aus.«

»Aha.«

»Natürlich. Oder was hast du geglaubt? Und wenn ich daran denke, was die richtigen Pioniere bei den Ureinwohnern angerichtet haben, nein danke. Ich bin kein Pionier der Moderne, ich bin ein Ein-Mann-Kloster.«

Fini mußte lachen. »Und die Klosterregel, wo hast du die hängen? Etwa innen an der Klotür?«

»Nein, natürlich nicht. Die ist in meinen Kopf eingebrannt, mit glühenden Lettern. Ich war doch immer schon so ein Typ, im Grunde wie geschaffen fürs weltliche Kloster, und jetzt hab ich's, als Ein-Zell-Betrieb sozusagen. Aber wenn du gerne eine Pionierin der Moderne sein willst, bitte.«

Fini legte wieder auf. Wozu hatte sie dem Tod ins Auge geblickt, wozu die Mühen einer eigenen Stromrechnung, Gasrechnung, Heizungsrechnung und so weiter auf sich genommen, wenn es gar nicht erstrebenswert war, ein autonomes Subjekt zu sein? Irgendwie hatte sie sich das alles gar nie ausgesucht, es hatte sich einfach so ergeben. Weil sie den Zusammenhang mit der Periodizität des Lebens verloren hatte, wie ihr Franz einmal erklärt hatte. Das Weib, so drückte er sich aus, das Weib ist dazu da, Kinder zu gebären, das ist seine einzige Bestimmung. Die moderne Karrierefrau vergißt das, und wenn sie es merkt, ist es zu spät. In den Augen von Franz war Fini eine alte Jungfer.

Was also sollte sie tun?

In letzter Zeit hatte sie eine ausgeprägte Tendenz zu der von den Pionieren der Moderne so gefürchteten Regression. Am liebsten verkroch sie sich in ihren vier Wänden, las Krimis oder schlief, wenn sie konnte. Die spärlichen Anrufe von Bekannten, die noch damit rechneten, daß es sie gab, wimmelte sie meist müde ab. Das Glück, sich morgens auch Knoblauchscheiben oder Ölsardinen aufs Brot legen zu können, was Franz verabscheut hatte, war nur von kurzer Dauer. Trotzdem wollte sie noch immer eine Pionierin der Moderne sein und nicht aufgeben. Wo aber waren die Ureinwohner, mit denen sie bei ihrem Pionierdasein in Kontakt kam?

Um 0 Uhr 42, wie ihr Radiowecker mit der roten Leuchtschrift anzeigte, wachte Fini auf, nachdem sie versucht hatte, früh schlafen zu gehen, und sich schon um zehn Uhr niedergelegt hatte. Im Traum war ihr ein Tier erschienen, eine riesige Schildkröte auf hohen Beinen und mit lappig herunterhängenden fleischigen Flügeln. Es stand über ihr und erdrückte sie fast. Finis erster Impuls war, das Tier zu töten, aber dann dachte sie an die Fehler, die die richtigen Pioniere gemacht hatten, indem sie die Eingeborenen bekämpften. Nicht nur Fehler, sondern Verbrechen. Fini wälzte sich aus ihrer bedrohten Lage etwas zur Seite, um dem Ansturm der aus den Nasenlöchern der geflügelten Riesenschildkröte entströmenden Luft zu entgehen. Das Tier kniete sich auf die Vorderbeine, wie ein Kamel. Fini nahm sich ein Herz und stieg auf den Rücken des Ungeheuers, wobei sie sich an den Flügeln festhielt. Die Schildkröte erhob sich in die Lüfte und flog mit ihr in einen türkisfarbenen Morgenhimmel, an dessen Horizont noch matt und sanft die Venus schimmerte. Da erwachte Fini. Nun war es ein Uhr vorbei, sie mußte noch einmal eingeschlafen sein. Sie konnte sich ganz genau an das Tier erinnern. Obwohl es nur eine geflügelte und mißmutige Schildkröte gewesen war, hatte sie sich gefühlt wie auf einem Pegasus.

Als sie das nächste Mal eingeschlafen war, erschien das Tier wieder. Es legte zutraulich den häßlichen Kopf auf Finis Schulter und drückte seine Wange an die ihre. Sein schuppiges Gesicht rieb sich an dem ihren, aus seinem Auge rollte eine Träne. Da begann auch Fini zu weinen, und die Tränen vermischten sich und rannen warm und salzig über Finis Gesicht und über die schuppige Panzerhaut der Schildkröte. Doch plötzlich war es keine Schildkröte mehr, sondern Finis Mutter in ihrer normalen Tagesgestalt. Fini wachte auf und schlief wieder ein. Im nächsten Traum lag ein riesiger roter, frischgekochter Hummer auf ihrem Teller. Fini sollte ihn essen, aber sie konnte nicht. Der Hummer starrte sie mit seinen Stielaugen an und streckte ihr seine Zangen entgegen. Er war zwar mit einer wohlschmeckenden Sauce garniert, aber an das Hummerfleisch kam Fini nicht heran. Plötzlich knackte der Hummer und öffnete seine Schalen von selbst, so daß Fini endlich zugreifen konnte. Es schmeckte köstlich.

Fini fragte sich manchmal, ob sie wahnsinnig sei. Aber

ihrer Umgebung fiel nichts an ihr auf, nach außen fuhr sie weiterhin munter auf der schmalen Spur des Funktionierens, und selbst fühlte sie sich eigentlich auch geistig gesund. Das Lustige am Wahnsinn ist, daß man ihn nur aushalten muß, dann ist er gar kein Wahnsinn mehr, sondern ganz normal, dachte Fini. Ihre Bekanntschaft mit den Ungeheuern, die in ihrem eigenen Inneren schlummerten, hatte sie nur noch neugieriger gemacht, aber sie träumte nichts mehr.

Fini war an einem Punkt angekommen, wo nur mehr das bretonische Baumorakel weiterhelfen konnte. Sie zog die Karte »Gort – Efeu« und las folgende Erklärung: »Der Efeu wächst, breitet sich aus und blüht unter den verschiedenartigsten Bedingungen – auf bebautem Land ebenso wie auf Ödland, im hellen Sonnenlicht wie bei fast völliger Dunkelheit, auf fruchtbarem Boden und auf Stein und Schutt. Er schiebt sich durch die dünnsten Spalten und Ritzen dem Licht entgegen und ist kaum auszurotten. Seit alter Zeit wurden Weinrebe und Efeu als Feinde betrachtet. Setzt der Wein durch seine berauschende Wirkung prophetische Kräfte frei, bringt einen der Efeu in Verbindung mit seiner inneren Quelle und gibt einem die Fähigkeit, mit den Augen der Seele zu schauen, jenseits der Welt des Alltäglichen. Die mit dem Efeu assoziierte Farbe ist gorm – himmelblau. Behalten Sie das Bild des klaren, blauen Himmels vor dem inneren Auge. Ihm streben Sie zu – verlieren Sie ihn nicht aus dem Blick. Wenn Sie die Efeukarte ziehen, gilt sie als Symbol der Spirale des Selbst und der Suche nach dem Selbst. Auch der Irrgarten, das Labyrinth, wird mit dem Efeu assoziiert, da auch er Sinnbild der Wanderung der Seele ist, die sich in Kreisen nach Innen und Außen bewegt und Nahrung und Erfahrung von außen und aus dem Innern sucht, um schließlich ihr Ziel zu erlangen: die Erleuchtung.«

Dann träumte Fini noch einmal von dem Hummer, dem sie am Meeresgrund begegnete. Sie streichelte ihn, und er zwickte sie zutraulich mit einer seiner Scheren und flüsterte ihr mit rauher Stimme zu: »Ich bin das Ungeheuer der tiefsten Tiefe. Omani padme hum.« Dann schwang sich Fini auf die geflügelte Meeresschildkröte und ließ sich von ihr an die Oberfläche des Wassers tragen. An einem sandigen Ufer ging sie an Land und trocknete ihre salzige Haut in den Strahlen der Morgensonne. Nach diesen Träumen hatte sie genug von dem Lebensplan, als Pionierin der Moderne zu sterben.

Kurz darauf hatte sie wieder Sigi am Telefon.

»Was frühstückst du so im allgemeinen?« fragte sie.

»Ach, meistens trinke ich irgendeinen Tee, meinen Misteltee oder Schwarztee oder einen Kräutertee oder meinen Astrotee.«

»Was ist denn das?«

»Den hat mir jemand geschenkt. Eine Kräuterteemischung speziell für mein Sternzeichen.«

»Hat sich dein Leben verändert, seit du allein lebst?«

»Eigentlich nicht besonders. Ich habe jetzt mehr Sinn für Chaos, ich halte das viel besser aus, eine Nacht hier schlafen, dann wieder bei meiner Freundin, das hätte ich mir früher nie vorstellen können.« Fini dachte an das Durcheinander, das in Sigis Büro immer geherrscht hatte, und konnte sich schwer vorstellen, daß er eine Gewöhnungsphase ans Chaos gebraucht hatte.

»Und außerdem bin ich jetzt viel mehr mit jüngeren

Menschen zusammen, mit Schülern, die mir ihre Probleme erzählen. Früher mußte ich immer gleich nach Hause.«

»Hast du verborgene Seiten deines Innenlebens kennengelernt?«

»Da gibt's nicht viel Verborgenes. Und an das, was vielleicht doch da ist, rühre ich lieber nicht. Schlafende Hunde soll man nicht wecken.«

Fini seufzte tief auf. Wie gerne hätte sie ihre Erfahrungen mit einem anderen Pionier der Moderne ausgetauscht, aber es gab da wirklich anscheinend nur Ein-Mann-Klöster oder Hundezwinger. Pionier sein wollte keiner mehr, heutzutage.

Trotzdem wollte sie nicht aufgeben.

Am Tag zuvor hatte sie in der Zeitung einen Artikel gelesen, über den neuen Heimatkult. Ein Philosoph erklärte, daß die Vorliebe für die Heimat gleichzusetzen sei mit der Rückkehr in den Uterus. Die Heimat sei ein Begriff, der frühkindlichen Sehnsüchten nach der Rückkehr in den Mutterleib entspreche. Ursprünglich habe es »das Heimat« geheißen und »das« Heimat sei einfach der Besitz gewesen, wo man ansässig war. Die Feminisierung des Wortes bedeutete gleichzeitig auch die obengenannte Rückkehr in den Uterus. Vaterland hingegen sei ein phallischer Begriff. Heimat sei nicht ein Begriff von Leuten, die noch aus dem Trog fräßen, wie ein berühmter Dichter gesagt habe, sondern ein Wort für Menschen, denen man den Trog weggenommen habe und denen man jetzt einen neuen verspreche. Ein Sehnsuchtswort, wie die Rückkehr des Kindes in den Mutterleib. – Fini konnte weder mit der uteralen Heimat noch mit dem phallischen Vaterland etwas anfangen. Sie wollte weder in den Mutterleib zurück noch sich am väterlichen Phallus emporranken. Dazwischen, daneben oder jenseits dieser Begriffe mußte es doch noch etwas anderes geben, in dem man leben konnte.

Nach intensivem Nachdenken verfiel sie auf Nation und sah in ihrem alten Lexikon aus dem 19. Jahrhundert nach, was darunter zu verstehen sei. Die Nachttischlampe flackerte milde, der weiche Teppich schmiegte sich sanft unter Finis Bauch, auf dem sie lag, um ihr Wissen zu erweitern. »In dem Begriff der Nation liegt das Bewußtsein der gemeinsamen Abstammung und das Bewußtsein der Zusammengehörigkeit überhaupt: das Nationalgefühl.« Fini kraulte zerstreut die wolligen Teppichhaare. »Ebendieses nationale Selbstbewußtsein ist es aber, welches zugleich den Gegensatz zwischen der einen und der anderen Nation hervortreten läßt.« Schon wieder eine Komplikation, das war ja zum Verzweifeln. »Kann zudem eine Nation auf eine große Vergangenheit zurückblicken oder nimmt sie unter den verschiedenen Nationen eine besonders hervorragende Stellung ein, so steigert sich das Nationalgefühl zum Nationalstolz, während sich jener Gegensatz zwischen verschiedenen Nationalitäten zuweilen bis zum Nationalhaß verschärft.« – »Wie wahr, wie wahr«, dachte Fini und schlug resigniert das Lexikon zu.

Geistig heimatlos und nur auf ihrem Teppich zu Hause, wollte sie den Kampf als Pionierin jedoch immer noch nicht aufgeben, eingedenk des Spruches eines lebenslustigen Steirers, der sie einmal aufgemuntert hatte: »Aufgeben tut der Ferdl nichts, höchstens einen Brief.«

Am nächsten Tag erhielt sie die Nachricht, daß ein alter Schriftsteller aus ihrem Bekanntenkreis ins Krankenhaus eingeliefert worden sei. Fini rief an und erfuhr, daß er nicht mehr in Lebensgefahr schwebe, sie solle ihn aber erst in einigen Tagen besuchen.

Der alte Mann, er war fast achtzig, lag in einem Zimmer auf der internistischen Station für Männer. Er hatte Schläuche in den Venen und hing an einem Katheter, die Augen waren von violetten Ringen umrahmt, aber ansonsten war er guten Mutes. Im Nebenbett lag ein ungefähr Fünfzigjähriger, der von seiner Frau betreut wurde. Sie flößte ihm gerade etwas zu trinken ein und sagte: »Schluck richtig, sonst erstickst du.«

»Sie machen Geschichten«, sagte Fini, am Krankenbett angekommen. »Sie wandeln ja auf meinen Spuren. Erinnern Sie sich noch, wie Sie mich damals besucht haben, bei der Magengeschichte? Wie geht es Ihnen denn?«

»Danke, schon besser. Wie Sie wissen, hat mich auch der Hitler nicht umbringen können. Ich freue mich außerordentlich, Sie zu sehen. Daß Sie mich besuchen, in meiner klösterlichen Einsamkeit... Was gibt es Neues im Literaturleben?«

»Gestern war eine Lesung mit einem slowenischen Dichter, hochinteressant, aber nur für fünfzehn Leute im Publikum.«

»Ja, die Slowenen«, sinnierte der alte Dichter, »die sind wie wir. Eigentlich sind es Nachfahren von Kelten. Wenn ich daran denke, wie es jetzt auf dem Balkan zugeht... Die Kroaten sind im Grunde Faschisten und die Serben Chauvinisten. Verzeihen Sie einem alten Mann diese Ansichten, ich bin kein Rassist und kein Nationalist, aber da ist doch etwas dran.«

»Was macht Ihre Bronchitis?« fragte Fini.

»Von der spüre ich nichts mehr. Jetzt ist es der Magen.«

»Die Schwestern haben gesagt, Sie sind über den Berg, Gott sei Dank.«

»Da komme ich mir ja vor wie ein Alpinist. – Übrigens, kennen Sie die Geschichte schon: Als der alte Taubenwirt in Rankweil ans Sterben kam, da ging das Gespräch unter anderem auch um den Sarg. Er war ein reicher Mann, und man sprach von einem eichenen oder gar einem Metallsarg. Er jedoch lehnte ab und meinte: Ein tännener tue es auch, erstens komme er billiger und zweitens sei er gesünder.«

Er hustete leise und sagte noch: »Und im übrigen bin ich der einzige lebende Mensch, der Joseph Roth und James Joyce noch persönlich gekannt hat.«

Dann rollte er sich erschöpft in seinen Kissen zusammen. Eine Schwester kam und hängte ihm eine neue Flasche an den Tropf, kurz darauf erschien eine andere, die am Katheter herumhantierte und nicht gleich das richtige Ventil fand. Dreimal kam und ging sie, dann hatte sie sich die Technik endlich genau erklären lassen und stach mit einer Spritze in den Gummischlauch. »Ich komme mir vor wie in Faust II«, sagte der alte Dichter, »wie ein Versuchskaninchen. Oder doch eher wie ein Opferlamm.« Dann bat er um etwas zu trinken und um ein Papiertaschentuch, um sich die Nase zu putzen. Da er einen müden Eindruck machte, verabschiedete sich Fini und versprach, bald wiederzukommen.

Sigi war inzwischen bei ihren fast täglichen Telefonaten immer kürzer angebunden. »Tut sich was?« fragte Fini. »Du bist so interesselos.« Sigi drückte sich um eine klare Antwort herum, dann murmelte er: »Ich hab da was am

Laufen, eine komplizierte Geschichte. Eigentlich will ich gar nicht. Ein ähnlicher Typ wie meine erste Frau, ich kenne das ja schon. Nächste Woche habe ich Urlaub, da hat sie mich für ein paar Tage zu sich eingeladen. Wir fahren in die Dolomiten, schifahren.« Fini gab es einen leisen Stich. »Ach so«, meinte sie. »Und die Pioniere der Moderne?«

»Man kann nicht ewig Pionier sein, irgendwann einmal muß man auch ein Ziel erreichen. Außerdem hängt mir das Sockenwaschen schon so zum Hals heraus.«

»Wieso denn das Sockenwaschen?«

»Weißt du, meine Socken, die wasche ich von Hand, im Waschbecken. Und meine Mutter zu Hause hat mir immer eingeschärft, Socken muß man so lange spülen, bis das Spülwasser Trinkwasserqualität hat. Weißt du, wie anstrengend das ist?«

Fini wurde nun klar, weshalb Sigi nicht mehr Pionier sein wollte, und sie wünschte ihm viel Glück für seinen Urlaub. Wenn sie nur selbst gewußt hätte, wie sich ihr Leben weiterentwickeln sollte...

Vor lauter Ratlosigkeit zog sie sich in die Mönchszelle der Pioniere der Moderne zurück, dorthin, wo diese zu ihren tiefsten Erkenntnissen gelangen, auf die Toilette. Sie hatte sich für alle Fälle ein kleines Bücherregal eingerichtet, und besonders in Situationen tiefer Ratlosigkeit griff sie manchmal nicht zum bretonischen Baumorakel, sondern einfach wahllos nach einem Buch, schlug eine Seite auf und las, was dort stand. Heute erwischte sie das neueste Werk eines österreichischen Dichters, eine Sammlung von Aphorismen, bei der die Texte einfach nach den Anfangsbuchstaben in alphabetischer Reihenfolge abgedruckt waren. Zuerst ein paar Seiten, wo alles mit A anfing, dann alles mit B und so weiter bis Z. Zufällig landete sie beim E und las: »Erkenne deine Natur – und gieß sie.«

Fini mußte einen Augenblick nachdenken, zuerst hatte sie aus Versehen »genieß« statt »gieß« gelesen. Dann setzte sie sich in ihren Lehnsessel, den mit der hohen Lehne, in den sie sich besonders gerne zurückzog, wenn sie in der Regressionsphase war und es mit der Progression nicht so recht klappen wollte. Aber die Regression war auch nicht mehr das, was sie einmal gewesen war, seit ein Philosoph und Gruppendynamiker aus ihrem Bekanntenkreis verkündet hatte, der Mensch müsse nach vorne regredieren. »Auch Aristoteles ist nach vorne regrediert«, verkündete er mit bedeutungsvoller Stimme. Niemand verstand, was er eigentlich damit meinte, aber vielleicht klappte es trotzdem bei ihr damit. – Sie rollte sich zu einem Knäuel zusammen, schaltete mit der Fernbedienung den Radioteil der Stereoanlage ein und hörte eine Männerstimme rezitieren: »Also hat Gott die Welt geliebet ...« Dann sang die Stimme: »Jesus ist und bleibet mein, Jesus ist und bleibet mein.« Schön anzuhören, aber Fini wollte nicht ins Kloster gehen. Sie schaltete ihre Aufmerksamkeit auf halbe Kraft und döste vor sich hin. Was wollte sie eigentlich? Ihre Natur gießen? Es war ihr rätselhaft, wie sie das selbst bewerkstelligen sollte. Im Halbschlaf dachte sie an ein Videospiel, das sie bei einem Bekannten im studentischen Alter kürzlich hatte ausprobieren dürfen, mit der Hauptfigur aus dem Film *Aladdin*. Dieser Aladdin konnte nach links und rechts agieren, nach oben schauen und sich nach unten bücken, in die Höhe springen, fechten und Äpfel werfen. Ihr studentischer Bekannter sagte nicht »fechten« sondern »säbeln«.

Und bei allen Gelegenheiten, wo es schwierig wurde, weil irgendwelche Feinde Aladdins Wege kreuzten, sagte er zu ihr: »Drück nur auf die Vorwärts-Taste und dann immer säbeln. Da kann nichts schiefgehen.«

Im Radio sagte eine Stimme: »Ökumenische Morgenfeier. Jesus hilft einem Aussätzigen.« Und dann: »Die Religionen in einem offenen Europa. Neben dem Judentum und dem Islam steht das Christentum im Mittelpunkt dieser Sendereihe. Schismen, Reformationen, Tumulte und so weiter... Chance dieser Kirche... Griechisch-orthodoxer Metropolit aus Graz... Tröstlich, aber auch mahnend können die Worte des heiligen Hilarius von Poitiers verstanden werden, der schon Jahrhunderte vor dem ersten Schisma vor innerer Spaltung warnte.« Fini fühlte sich wie die christliche Kirche, uneins in sich selbst. Dieser Hilarius hatte geraten: »Seid eins in einer einzigen Kirche.« Dann spielten ein paar tiefe Instrumente eine getragene Barockmelodie.

Schließlich riß sie das Telefon aus ihren Träumereien. Es war Franz, der Bewohner des Ein-Mann-Klosters.

»Du bist aber wirklich nie zu Hause. Letzte Woche habe ich dich angerufen und wollte dir zum Geburtstag gratulieren.« Fini entschuldigte sich, sie hatte einfach nicht abgehoben. Dann redete Franz weiter, wünschte ihr alles Gute, erzählte vom kalten Wetter in seinem Wohnort, hechelte das Wohlergehen von ein paar früheren gemeinsamen Bekannten durch. Dann erzählte er über das Buch, an dem er gerade schrieb, einem Traktat über die Alltagssprache.

»Es heißt: *Das Ominöse und das Numinose.* Wie findest du den Titel?«

Fini fand ihn gut.

»Da bist du aber die einzige. Mein Freund Ewald bemängelt immer, daß das alles so vom hohen Roß herunter geschrieben sei. Es stimmt ja wirklich irgendwie. Ich rede da vom Père symbolique, vom Imaginären und vom Enigmatischen. Das versteht vielleicht wirklich niemand richtig. Jetzt habe ich eine Pause eingelegt. Wahrscheinlich gebe ich die Briefe eines Sprachwissenschaftlers heraus. Da kann man solide und ohne große geistige Anstrengung arbeiten.«

»Tu das, das Handwerk hast du doch schon immer gut beherrscht«, meinte Fini. »Das macht dir sicher Spaß.«

Franz fuhr fort: »Die Menschheit ist ja nur so unglücklich, weil sie irgendwelchen Idealen nachjagt. Am glücklichsten sind die Eskimos. Am glücklichsten ist der Mensch, der sein hartes Brot unter bitteren Tränen ißt und sonst nichts hat. Vorausgesetzt, er weiß nicht, daß es noch etwas anderes gibt. Die Phantasie ist die Ursache allen Übels. Wenn die Menschen keine Phantasie hätten, wären sie viel glücklicher. Am glücklichsten ist der Eskimo, der in seinem Iglu liegt, draußen toben die Winterstürme, er ruht in seine Felle eingerollt, und seine Frau sitzt daneben, singt und stickt an seinem Wams.«

Fini war nun doch etwas verblüfft. »Was ist denn mit dir los?« fragte sie und dachte an die arktischen Temperaturen in Franzens Wohnort.

»Gar nichts«, meinte Franz. »Aber es stimmt doch, was ich dir sage.«

»Mittel und Wege zu finden, die auf eine positive Entwicklung hinführen«, tönte es nun aus dem Radio, wo inzwischen eine Diskussion über die Einheit der Kirche als gestaltende Kraft im neuen Europa begonnen hatte.

»Papst Johannes Paul II. hat bei einer Begegnung mit Vertretern des Evangelischen Rates in Deutschland gesagt, daß wir auch eine Einheit in den wesentlichen Glaubensfragen gefunden haben. Das Problem ist nur, daß die Christen sich nicht einig sind, wie sie diese Einheit auch feststellen können.«

Fini lenkte ihre Aufmerksamkeit wieder auf Franz. »In Wirklichkeit ist es doch so«, sagte er, »wenn man um sich blickt: Es sind doch alle irgendwie unglücklich. Der einzige glückliche Mensch, den ich kenne, ist der Ewald, der besprüht die Zimmerpflanzen in seinem Büro und redet viel mit Studentinnen. Dem geht nichts ab. Aber sonst... Kürzlich habe ich die Eva wieder getroffen, mit der ich studiert habe, sie stand neben mir, ich habe sie gar nicht erkannt, weil sie so verhärmt aussah.«

»Dafür soll die Lotte jetzt ein Verhältnis mit dem Rektor der Universität haben. Meine Klatschquelle hat mir berichtet, daß man sie immer Hand in Hand aus der Tiefgarage kommen sieht.«

»Schau, schau«, meinte Franz. »Das hätte ich der gar nicht zugetraut. Aber warum nicht. Das Glück fällt hin, wo es will. Hauptsache, der Mensch ist kein Subjekt, denn das Subjektsein macht ihn unglücklich. Er muß seine Identität finden, in seinen Wurzeln.«

Inzwischen sprach eine Stimme mit Schweizer Akzent im Radio weiter: »Was nützt es, wenn die Kirchen alle den gleichen Wein zapfen, ihn aber in verschiedene Flaschen abfüllen?«

Fini horchte wieder auf Franz. »Was sind denn deine Wurzeln?« fragte sie. »Hast du Wurzeln in der Heimat?«

»Heimat!« höhnte Franz. »Was soll denn das sein? So

einfach ist das nicht. Meine Wurzeln liegen in meiner Erziehung durch spanische Jesuiten.«

Fini mußte lachen. Franz hatte schon immer zu überspitzten Formulierungen geneigt. Im Radio ließen sie nun das gemeinsame Gespräch in ein Gebet übergehen, damit das Gespräch *über* Gott auch in ein gemeinsames Gespräch *zu* Gott einmünde: »Damit wir in der Andersheit des andern keine Bedrohung, sondern eine Bereicherung sehen, damit die Andersheit der Konfessionen nicht zu einer Bedrohung, sondern zu einer Brücke werde.« Dann hörte man eine fröhliche Barockarie mit Oboenbegleitung, doch vom Text verstand Fini nichts, nur das Wort »Hoffnung«.

Franz fuhr inzwischen fort: »Das Problem der heutigen Zeit ist ja, daß die Menschen keine Identität mehr haben. Die Österreicher jedenfalls nicht.«

»Der Opernball?« warf Fini schüchtern ein, doch auf diesen Einwand ging Franz nicht einmal ein.

»Und wenn zuletzt der Glaube siegt«, sang die Stimme im Radio. »Der Heiland kennet ja die Seinen, wenn ihre Hoffnung hilflos liegt«, sagte nun der Sprecher ganz verständlich, »und er steht ihnen in einer solchen Situation natürlich zur Seite.«

Franz erzählte jetzt von einem gemeinsamen Bekannten, der oft auf Reisen war, aber wehe, wenn seine Frau einmal nicht zu Hause saß, wenn er daheim war und Gesellschaft wollte, dann konnte seine Laune nicht schlechter sein. Dann kehrte Franz zu der ehemaligen Studienkollegin zurück, die angeblich ein Verhältnis mit dem Rektor hatte. »Ich kann mich gut erinnern an die Lotte, wie sie noch Studentin war. Da hat sie ihrem Professor immer die Aktentasche nachgetragen. Und ihr damaliger

Freund übrigens auch. Kaum war die Vorlesung oder das Seminar vorbei, sind sie beide nach vorne gesprungen und haben sich darum gerissen, wer dem Professor die Aktentasche nachtragen darf. Selbstverständlich sind die beiden heute wohlbestallte Angehörige einer ordentlichen Universität. So muß man's machen. *Das Ominöse und das Numinose* interessiert sowieso niemanden.«

Daraufhin beendeten sie das Gespräch, und Fini rollte sich wieder in ihrem Lehnstuhl zusammen.

Im Grunde war sie ja kein Einzelschicksal. Sie dachte an ihre Generation und was aus ihr und ihren Altersgenossen und -genossinnen geworden war. Leider stimmte es wirklich: Die, die damals auf der Universität durch Intelligenz aufgefallen waren, sogen längst nicht mehr an den Brüsten der Wissenschaft, sondern schlugen sich woanders durch. Es triumphierte das Mittelmaß, die Clique der Professorentaschennachträger. Der Rest hatte sich auf die Pädagogik gestürzt und verbriet bei allen möglichen Tagungen – etwa zum Thema: »Schule macht Kultur. Kultur macht Schule« oder »Schule macht Wissen. Wissen macht Schule« oder als Gipfelpunkt schlicht: »Schule macht Schule« – allen möglichen hanebüchenen Unsinn über fachdidaktische Fragen. Figuren wie Franz, in Wahrheit eine Zierde der alpenländischen Sprachwissenschaft, aber Sprachwissenschaft interessierte heute sowieso niemand mehr, es gab nur mehr Spezialisten für linguistische Teilbereiche wie Dekreolisierung, interkulturelle Interferenzerscheinungen und so weiter – Figuren wie Franz waren dazu verdammt, in einer völlig unbedeutenden Provinzuniversität, die dazu noch ständig von der Schließung bedroht war, ihr hartes Brot zu verdienen und darauf zu hoffen, daß ihre kühnen Werke, wie das Buch über *Das Ominöse und das Numinose*, vielleicht einmal von der Nachwelt gewürdigt würden, falls es überhaupt jemals jemand druckte. Kommentierte Briefausgaben machen, das konnte doch wohl nicht das einzige sein. Die verhärmte Eva versauerte als Schuladministratorin, da sie selbstverständlich nicht in der richtigen Partei war, um Direktorin zu werden, und außerdem kein Mann. Die kluge Lilli war kurzfristig an der Universität angestellt gewesen und dort durch Kompetenz unangenehm aufgefallen, so daß sie der neue Chef hinausgeekelt hatte. Jetzt war sie Organisationsleiterin in einer deutschen Firma und hatte die Frage nach der Entstehung des Artikels in den romanischen Sprachen, die bis heute ein ungeklärtes Problem war, mit handfesteren Tätigkeiten vertauscht. Und Fini selbst saß ebenfalls in der Provinz, ordnete ein Archiv und hielt das sogenannte literarische Leben durch organisatorische Aktivitäten in Schwung. Das konnte doch wohl nicht das Wahre sein. Voll Ingrimm dachte sie an Franz Seraphicus Grillparzer, der ebenfalls Archivar gewesen war und dieses Land verflucht hatte, in dem Genies zu Scharlatanen würden. – Im Radio wurde jetzt eine Werbung für SOS-Kinderdörfer gesendet. Aber was half ihr das? Dann kam »Lyrik mit einem Narrenhut«, es war nämlich Faschingssonntag, mit Gedichten von Mascha Kaleko und Musik von Gioachino Rossini. Ein Sonntagmorgen wie aus dem Bilderbuch.

Fini fuhr in ihren finsteren Gedanken fort. Die Bekannte einer Nachbarstochter aus der Straße, in der sie aufgewachsen war, schrieb inzwischen Bücher für die lebenslustige Frau über vierzig, sah aber bei ihrem letzten Treffen aus wie ein trübsinniger Dackel, mit hängenden Backen und schlaffen Gesichtszügen. Das Unglück hatte die Familie getroffen, ihr Mann saß als Hochstapler im Gefängnis. Nicht einmal das Verbrechen lohnte sich mehr.

Fini hatte in ihrer Jugend mit Leidenschaft die Romane von Balzac verschlungen, in denen junge Leute vom Land in die Hauptstadt zogen, um dort Karriere zu machen. Sie hatten sich durch Betten hochgeliebt und irgendwelche spekulativen Geschäfte gewagt, waren aber doch immer wieder gescheitert, und zwar an der Gerontokratie, an der Herrschaft der Greise, die alle Machtpositionen innehatten. Und so viel anders war es heute auch nicht.

»Heiligenscheinheilige« tönte es nun aus dem Radio. Die Dichterin hatte ihren Freunden einen Heiligenschein aufgesetzt, aber bis auf einen waren sie alle verrostet, und schließlich hatte sie erkannt, daß ein gewöhnlicher Hut es meist auch tut. »Irren ist menschlich, wenn auch nicht human.« Fini kam schon wieder ein unangenehmer Gedanke hoch, nämlich an einen ihrer früheren Professoren, den sie kürzlich einmal getroffen hatte und der sich bitter über die junge Generation auf der Universität beklagte. »Die jungen Leute wollen sich einfach nicht mehr habilitieren«, jammerte er. »Sie hätten doch die Gelegenheit und jede Förderung gehabt, aber sie verheddern sich viel lieber in irgendwelche Aktivitäten in irgendwelchen Gremien, die ohnehin zu nichts führen. Und die Wissenschaft bleibt auf der Strecke.« Fini mußte daran denken, daß genau dieser Herr, der jetzt so beredte Klage führte, damals die vielversprechenden Hoffnungsträger konsequent von allem ausgeschlossen hatte, weil sie ihm politisch nicht ins Bild paßten, und jetzt klagte er wie ein enttäuschter Idealist. Ach ja, da fiel ihr auch noch Kovi ein, damals ein eifriger Studentenpolitiker und jetzt nach Nicaragua ausgewandert. Zuerst war er Entwicklungshelfer gewesen, wo er inzwischen untergekommen war, wußte keiner. »Ein hochintelligenter Bursche!« hatte sein ehemaliger Gymnasiallehrer in Deutsch Fini gegenüber vor kurzem anerkennend bemerkt, als das Gespräch auf ihn gekommen war. Doch jetzt war er verschollen. – Was sich auf der Alma mater tummelte, waren hingegen Spezialisten für den Doppelpunkt bei Anzengruber oder für Partikelverben im Altisländischen oder für irgend etwas mit »inter«, wie die Thema-Rhema-Relation im interlingualen Vergleich oder die Interferenz in der interkulturellen Interaktion.

»Der Bescheidwissenschaftler«, tönten nun Mascha Kalekos Verse aus dem Radio, »ist beim Weltall angestellt, um vor der Tür zu kehren. Kammerjäger der Prominenz, Tellerlecker der Eminenz. Wo sonst das Herz schlägt, da hat er eine Diktiermaschine, kennt die Kunst, direkt ans Ziel mit fremdem Schiff zu segeln.« Fini schüttelte sich in ihrem Lehnstuhl und beglückwünschte sich, daß sie nicht in einer solchen Existenz geendet hatte, sie wollte sowieso immer schon Dichterin werden. Vor lauter Verzweiflung nahm sie die Fernsehprogrammzeitschrift zur Hand und blätterte darin herum. Für einen der kommenden Abende war eine Diskussionsveranstaltung zum Thema »Literatur ohne Publikum – Publikum ohne Literatur« angesagt, darunter stand als Buchtip: *Arten und Un-Arten.* »Die Moderne ist hoffnungslos überreizt, vielleicht schon ausgereizt. Von der Gnade beziehungsweise dem Fluch, darin leben zu dürfen, handelt dieses Buch. Eine Zustandsbeschreibung, die so manchem einzelnen gerechter wird, als ihm lieb sein dürfte. Ein brillanter Augenöffner.«

Am absoluten Tiefpunkt angekommen, erinnerte sich Fini an ihre Freundin Trixi in Linz. Trixi war seit drei Jahren geschieden und lebte mit ihrem kleinen Sohn allein.

»Hallo, ich bin's!«

»Hört man von dir auch wieder einmal etwas.«

»Wieso, du rufst ja auch nie an.«

»Also, das stimmt doch überhaupt nicht! Wie geht es denn?«

»So mittelmäßig.«

»Wieso?«

»Na ja, jetzt lebe ich doch seit drei Jahren schon praktisch wie eine Witwe. Ich brauche einfach wieder einen Mann«, klagte Trixi.

»Dann lach dir doch einen an.«

»Wenn das so einfach wäre ...«

»Wie geht es denn diesem einen, in Australien, dem Geographen, von dem du früher immer erzählt hast?«

»Ach, der Tobias. Wie du mir geraten hast, habe ich ihm zu Weihnachten geschrieben.«

»Und?«

»Nichts und. Er hat geantwortet. Er ist jetzt seit zwei Jahren mit einer Frau zusammen, aber er würde sich freuen, mich wiederzusehen.«

»Na immerhin. Schreibst du ihm wieder?«

»Bist du verrückt? Natürlich nicht.«

»Wieso, gefällt er dir nicht mehr?«

»Natürlich, den hätte ich gerne gehabt. Aber das ist doch sowieso sinnlos. Ich kann doch nicht einfach nach Australien fahren.«

»Warum nicht? Nimm einen Kleinkredit auf, aber lieber schreibst du ihm doch noch vorher. Als ich euch damals zu zweit erlebt habe, da war mir gleich alles klar. Das ist nicht so ein grober Klotz, der wäre das Richtige für dich. Man hat es euch ja richtig angesehen, wie verliebt ihr beide wart.«

»Stimmt ja auch, aber trotzdem ist es nichts geworden, und er ist nach Australien gegangen.«

»Also, jetzt höre ein einziges Mal auf mich: Schreib ihm. Du kannst ruhig schreiben, ich hätte dir geraten, ihm noch einmal dein Herz zu öffnen. Am besten gleich, wer weiß, was da noch alles herausschaut. Solche Sachen muß man gleich machen.«

»Also gut. Und übrigens, wie geht es denn dir?«

Fini seufzte tief.

»Na?«

»Ich habe das Alleinleben schon so satt. Und ich wüßte auch jemand, der passen würde. Das zieht sich schon eine Weile so hin, aber er entschließt sich nicht so recht.«

»Da muß ein Kind her. Das ist die einzige Möglichkeit, das kannst du mir glauben. Tu etwas dafür, ich werde dann Taufpatin.«

»Bist du katholisch oder evangelisch?«

»Das ist doch gleich, ich bin für alles geeignet. Weißt du was, ich schreibe jetzt den Brief nach Australien, du arrangierst einen entspannten Urlaub, und wenn es dann nicht klappt, geben wir uns die Kugel.«

»Einverstanden. Das hat mich wieder so richtig aufgebaut, das Gespräch mit dir. Bis bald.«

Fini legte den Hörer auf die Gabel. Sie fühlte sich tatsächlich besser, seit dem Gespräch mit Trixi...

# Der Untergang der »Romanshorn«

*Wann ist zum letzten Mal ein Schiff auf dem Bodensee untergegangen? Ein richtiges Schiff, kein Segelboot? Sicher seit Menschengedenken nicht mehr. Höchste Zeit also, daß wieder einmal etwas geschieht.*

Seit Flora sich erinnern konnte, war sie leidenschaftlich gerne mit der Fähre gefahren. Zum ersten Mal fand dieses Ereignis statt, als sie mit sechs Jahren der Insel Mainau einen Besuch abstattete. Dort war sie jedoch weniger von den Blumenmeeren oder den Bananenbäumen, sondern viel mehr von den siamesischen Hängebauchschweinen im Zoo fasziniert. Die siamesischen Hängebauchschweine stellten selbst das Ereignis, zum ersten Mal auf einer Fähre gefahren zu sein, in den Schatten.

So kam es, daß Floras erste bewußte Erinnerung an eine Fahrt mit der Fähre viel später angesiedelt war. Wieder war es die Strecke von Meersburg auf die Insel Mainau, wieder war es ein milder Spätsommertag. Sie saß mit einer Freundin auf dem Hinterdeck, sah das alte und das rosarote neue Schloß langsam am Ufer verschwinden und wurde aus dem Lautsprecher mit Ziehharmonikamusik berieselt. Diesmal waren die Dahlien eindrucksvoller als die Hängebauchschweine, doch bei der Wahl der Dahlienkönigin tippte sie anscheinend nicht richtig, denn sie gewann keinen Preis. In Meersburg fand gerade das Weinfest statt, und Flora tanzte einen Abend lang mit einer Busladung flotter Tänzer aus Nordrhein-Westfalen, die aus irgendeinem Grund in Meersburg hängengeblieben waren.

Ihre letzte Fahrt auf dieser Fähre hatte im vergangenen Herbst stattgefunden, als sie einem Besuch aus Graz die Schönheiten des Bodensees, darunter natürlich die Insel Mainau, gezeigt hatte. Damals war es Flora auch bewußt geworden, daß das Schiff von Meersburg nach Mainau gar keine Fähre war, sondern eigentlich ein gewöhnliches Schiff. In ihrer Kindheit hatte sie für diese feinen Unterschiede noch keinen Sinn gehabt. Sie hatten vor der Abfahrt der Rückfähre von Mainau nach Meersburg einige Zeit warten müssen, und der Besuch aus Graz, der sich gerne esoterischen Vorstellungen hingab, hatte einen der dicken Bäume am Landungssteg umarmt, um so Kraft zu tanken. Auf der Fahrt war Flora dann allein im Schiffsrestaurant gesessen und hatte einen Kaffee getrunken, weil ihr Besuch unbedingt eine Zigarette rauchen mußte und deshalb aufs Verdeck ging. Flora war es im Freien zu kalt und zu windig. Sie las inzwischen eine alte Nummer der »Bodenseehefte« und langweilte sich.

Im Grunde viel interessanter waren die Fahrten auf der richtigen Fähre, der Autofähre von Meersburg nach Konstanz. Wenn viel Betrieb war, wehte ein Hauch der großen weiten Welt über das Schiff. Alles war viel größer als auf der Strecke Meersburg-Mainau, und dann waren da natürlich die Autos und Lastwagen. Wenn Flora ihr Billett bezahlt hatte, spazierte sie über die verschiedenen Decks, setzte sich in den Windschatten, nur bei Kälte ins Schiffsrestaurant. Selten, viel zu selten, war hoher Wellengang, meist fuhr die Fähre ruhig ihre Strecke vor sich hin. Einmal war es ihr durch Zufall geglückt, nichts bezahlen zu müssen: Sie hatte ihr Auto verlassen, war auf eins der Decks gegangen, hatte dann absichtslos, jedenfalls nicht mit der Absicht, dem Schaffner zu entkommen, die Toilette aufgesucht, hatte sich wieder auf einem der Decks den Wind um die Nase wehen lassen – und schon waren sie in Konstanz angekommen. Aber abgesehen von diesem kleinen pekuniären Gewinn waren die Dinge immer ihren ordentlichen Gang gegangen. Keine Liebespärchen in PKWs oder zu zweit auf der Toilette eingesperrt, keine Ritte über den Bodensee, nicht einmal Affären auf Fähren ...

Am 2. Februar 1993 jedoch spitzten sich die Verhältnisse dramatisch zu. Flora war von einem Besuch in Zürich mit der Eisenbahn über Frauenfeld nach Romanshorn gefahren. Am Bahnhof wurde gerade der Weg über das Gleis mit einer raffiniert angebrachten Kette abgesperrt, die vermittels eines Gewichtes in einer eigens dafür angebrachten Vertiefung im Boden verschwand, wenn der Bahnbeamte die Halterung am einen Ende löste. Flora reihte sich in die Reihe der Reisenden ein, die die Fähre besteigen wollten, die »Romanshorn«, ein Gefährt der Schweizer Bundesbahnen. Schon beim Entladen der Fracht aus Friedrichshafen fiel Flora ein Lastwagen auf, der mindestens eineinhalb Meter über das Hinterdeck hinausragte. Die Sonne war im Begriff unterzugehen, der Horizont hinter Romanshorn begann sich orange zu verfärben. Vorbei an mindestens acht Lastwagen aus Holland, Italien und Deutschland, die alle schwer beladen schienen und die Fähre verließen, bestieg Flora mit den wenigen Passagieren das Schiff. Eine neue Ladung Lastwagen folgte.

Im Passagierraum setzte sie sich an den Tisch in der rechten, hinteren Ecke, wo sie immer zu sitzen pflegte.

Neben ihr nahm meist ein stummer Fahrgast Platz, mit Pullover und Brille, der stets in die Lektüre einer Zeitung vertieft war und der möglicherweise einem intellektuellen Milieu angehörte, da er nicht nur die *Schwäbische Zeitung*, sondern auch die *Süddeutsche* und die *Frankfurter Allgemeine* durchzugehen pflegte und dazu rauchte, obwohl es verboten war. Aber niemand schien sich daran zu stoßen, wahrscheinlich kannte man ihn, und er hatte Narrenfreiheit.

An einem der Nebentische hatte heute eine ungewöhnlich fröhliche Runde Platz genommen: eine Frau im Tigerpullover, mit langer, blonder Mähne, hatte eine Riesenflasche Sekt mitgebracht und verteilte Nußkipfel an ihre Begleiter und an die Passagiere auf den anderen Plätzen. Anscheinend gab es etwas zu feiern, aber Flora wurde nicht schlau aus dieser Runde. Sie hatten alle Plastikbecher mitgebracht und stießen mit dem Sekt auf ein fröhliches Ereignis an, das Flora wohl ewig ein Geheimnis bleiben würde.

Weiter hinten hatte sich eine Gruppe von Kulturmultiplikatoren aus Österreich versammelt, die Flora im Vorübergehen kurz belauscht hatte, ein schwarzbärtiger Museumsdirektor, ein Schuldirektor mit stechendem Blick und zwei indolente Kulturbeamte.

Dann machte der Schaffner die Runde mit seinen umgehängten Fahrkartenausgabe- und Kassenautomaten und begann abzukassieren. Flora erhielt einen rosa Fahrschein, der stumme Passagier hatte eine Dauerkarte, einem einzelfahrenden Herrn am Nebentisch wurde eine helltürkisfarbene Fahrkarte ausgehändigt, mit dem Aufdruck: »CIV Bodensee und Rhein. Reise- und Autofähre, 50% (er hatte ein Schweizer sogenanntes Halbtaxabo),

Friedrichshafen-Romanshorn oder umgekehrt, DM 3,40. Gültig 1 Tag.«

Flora rätselte, ob sich die Geschlechtertrennung wohl in den Farben der Fahrkarten ausdrückte, bis sie bemerkte, daß sie in Schweizer Franken bezahlt hatte und der Herr mit der türkisfarbenen Karte in DM. Sie studierte die Kehrseite der *Süddeutschen*, die der stumme Fahrgast neben ihr gerade in Arbeit hatte. »Streit um Staatshengste«, konnte sie entziffern, »Europäische Lösung heute aktueller denn je zuvor« unter einer Reklame für Siemens/Nixdorf, »Quecksilber über den Ladentisch« und »Leberzellen als Testinstrument«. An den anderen Tischen wurde meist *Blick* gelesen, mit einer fetten Schlagzeile über den Zürcher Baby-Quäler.

Floras müßiger Geist wandte sich nun der Speisekarte der Schiffsrestauration zu, die etwa »Alpsteinhüetli« um zwölf Franken anbot oder »Wienerli mit Kartoffelsalat«. Doch auch dieser Anblick bot ihrem hungrigen Geist keine zufriedenstellende Nahrung, und so begab sie sich ins Freie, am Schaffner vorbei, der gerade die Häupter seiner Lieben gezählt hatte und bemerkte, daß zwei Fahrgäste keine Billette gelöst hatten. Er ging von Tisch zu Tisch und war geradezu enttäuscht, als sich am Tisch der Tigerdame mit der Sektflasche zwei Männer meldeten, die ohnehin Dauerkarten hatten.

Draußen schien der Mond durch die Wolken. Der orangefarbene Schimmer hinter Romanshorn war längst erloschen, nur schwache Lichter dämmerten durch das Schwarz der Nacht. Vom gegenüberliegenden Ufer war noch nichts zu sehen. Flora schätzte, daß sie sich gerade über der tiefsten Stelle des Bodensees befanden. Beim Entlangschlendern über das Deck bemerkte sie, was sie früher nie gesehen hatte: die in der Höhe angebrachten Luken mit den Schwimmwesten, die mit einer Klappe mit je drei Flügelschrauben verschlossen waren. Wie lange das wohl dauern würde, die Klappen zu öffnen ... Als Flora vom Hinterdeck auf die vollbeladenen Laster hinunterblickte und dem beruhigenden Tuckern der Dieselmotoren lauschte, wurde sie plötzlich von einem heftigen Windstoß erfaßt und gegen die Schiffswand geschleudert.

Sie klammerte sich an ein Faß, das zufällig dort stand. Die Szenerie hatte sich schlagartig verändert: Der Mond schien voll vom Himmel herunter, Schäfchenwolken schimmerten mit orange-silbernen Rändern, und in der Ferne, dort wo die Stadt Konstanz liegen mußte, schien ein Regenguß niederzugehen, denn ein Mondregenbogen wölbte sich über den schwarzen Wassern. Von Osten jedoch näherte sich eine Windhose, die zu Floras Erstaunen und gleichzeitigem Entsetzen bunt gefärbt war. Zugleich konnte man deutlich sehen, wie sich von der dunklen Oberfläche des Sees eine Wasserhose der Windhose entgegenstreckte. Es konnte sich nur noch um Minuten handeln, bis die kombinierte Wind- und Wasserhose die Unglücksfähre erreicht haben würde.

Flora klammerte sich voll Entsetzen an ihr Faß und blickte in den Passagierraum, doch dort schien man noch nichts bemerkt zu haben. Die Gläser über der Theke steckten in Halterungen, die auch bei großen Schwankungen des Schiffs ein Verrutschen verhinderten, lediglich auf den Tischen war einiges Durcheinander entstanden. Die Blonde im Tigerlook sah verblüfft der Riesensektflasche nach, die über den Boden rollte, die Kulturbeamten mußten bemerken, wie ihre Biere sich über ihre untadeligen Anzüge ergossen. Nur der stumme Passagier saß noch immer stumm in seiner Ecke und las Zeitung, scheinbar unberührt von den Ereignissen in seiner Umgebung.

Doch nun begann die Gischt zu kochen. Das Schiff schwankte von einer Seite auf die andere, ein brüllendes Brausen erfüllte die Luft. Plötzlich wurde die Fahrt wieder ruhig, doch vor Floras Augen öffnete sich ein ungeheurer schwarzer Trichter, der bis zum Grund des Sees zu gehen schien. Die Wände schimmerten wie schwarzes Ebenholz und waren spiegelglatt, doch die Fähre sauste in rasender Geschwindigkeit dem Zentrum des Malstroms zu. Flora erinnerte sich an die Lektüre einer Erzählung von Edgar Allen Poe und ließ sich mit dem Faß vom Deck rollen.

Beim Durchqueren der Wände der Wind- und Wasserhose waren die Laster von Bord gespült worden und bewegten sich nun auf der blanken Oberfläche des Trichters nach unten. Im tiefsten Grund des Abgrunds schien sich ein Massiv von scharfzähnigen Klippen zu befinden, denn von Zeit zu Zeit tauchten Gegenstände aus dem Abgrund auf, die vollkommen zerfasert und zersplittert waren: Bauholz aus einem finnischen Laster, das aussah wie Zündhölzer mit Borsten, Bananen, die schon als Püree aus den Schalen kamen, die wie gelbe Fäden auf dem schwarzen Wasser wehten, Stoffballen, die sich in bunte Fetzen aufgelöst hatten.

Der unheimlich dunkel schimmernde Kegel war von einem dumpfen Brausen erfüllt und drehte sich in majestätischer Ruhe seiner Vernichtung entgegen. Floras Faß schien eine aqua- und aerodynamisch günstige Form zu haben, denn sie bewegte sich relativ langsam nach unten.

Plötzlich schoß die »Romanshorn« an ihr vorbei, Flora erblickte die schreckensbleichen Gesichter der Passagiere, die sich an die Scheiben preßten, mit Augen und Mündern wie auf einem Bild von Munch. Irgend etwas ging von Bord, dann verschwand die Fähre in der Tiefe. Die Schweizer Flagge am Heck war das letzte, was Flora sah.

Auf der glatten Oberfläche des Kegels bewegte sich etwas auf ihr Faß zu, was sie mit einer freien Hand erwischte: Es war der stumme Passagier, der den Sprung gewagt hatte und der sich nun gemeinsam mit ihr an das Faß klammerte. Kurze Zeit später tauchte ein schwarzbärtiger Kopf aus der Tiefe auf, gefolgt von einer wie ein Skalp abgeschnittenen blonden Mähne und der Brille des Schuldirektors mit den stechenden Blicken, die nun wohl niemand mehr stechen würden, und einem Nußkipfel, der seltsamerweise unversehrt geblieben war.

Der Bodensee beherbergte weder Piranhas noch Haie, doch die Klippen hatten ganze Arbeit geleistet. Gleichzeitig wurde das Brausen schwächer, die Geschwindigkeit langsamer, und bevor Flora und den stummen Passagier die letzten Kräfte verließen, fanden sie sich an der Oberfläche des Sees wieder, inmitten eines Kreises von schäumender Gischt, die sich zunehmend beruhigte und von einem sanften Schaukeln abgelöst wurde, das die Trümmer der Fähre und die Überreste ihrer Passagiere, soweit sie schwimmen konnten, in den Todesschlaf wiegte. Der Mond schien nach wie vor ruhig durch die silbrig-orange geränderten Wolken, doch die Ufer lagen nicht mehr in undurchdringlichem Schwarz, sondern waren von zahlreichen Scheinwerfern erhellt, die den See absuchten und bald darauf Flora und ihr Faß samt dem stummen Passagier mit ihrem Lichtkegel ergriffen.

Plötzlich erfüllte eine Fanfare die Luft, ein Rettungsboot näherte sich und fischte die beiden einzigen Überlebenden aus dem kurz zuvor noch tobenden See. Sie wurden von einem Empfangskomitee begrüßt als die Hauptdarsteller des »Ersten Bodensee-Untergangsfestivals«, das unter großer Beteiligung von Zuschauermassen an den Ufern von den Fremdenverkehrsorganisationen der Anrainerstaaten als einmaliges Naturtheater organisiert worden war, und erhielten einen Gutschein überreicht für ein gemeinsames Wochenende auf der Insel Reichenau mit garantiert organisch-biologischer Ernährung aus insularem Gemüseanbau.

# Ergezwu

An den Flüssen Babels, da saßen wir und weinten, indem wir Zions gedachten. An die Weiden in ihr hängten wir unsere Lauten. Denn die uns gefangen weggeführt hatten, forderten daselbst von uns die Worte eines Liedes, und die uns wehklagen machten, Freude: »Singet uns eines von Zions Liedern!« Wie sollten wir ein Lied Jehovas singen auf fremder Erde? Wenn ich dein vergesse, Jerusalem, so vergesse meine Rechte! (Psalm 137)

Wie soll ich erheben meine Stimme zu erzählen eine Geschichte, die sich hat zugetragen in der Kehilla Ergezwu, irgendwo und trotzdem überall? Nicht irgendwann einmal in der Vergangenheit, nein, jetzt, im letzten Drittel des zwanzigsten Jahrhunderts, im 6. Jahrtausend unserer Zeitrechnung? Wie, ach wie nur?

Ergezwu heißt Irgendwo. In Ergezwu wurde gerade ein Haus dem Erdboden gleichgemacht, das der fromme Jude Bernauer im 18. Jahrhundert für seine Familie erbaut hatte. Zuerst hatte es gebrannt, dann wurde es unter Denkmalschutz gestellt, dann hat man es trotzdem abgerissen. Generationen von frommen und weniger frommen Juden haben darin gehaust, Kinder wurden geboren, Menschen haben sich darin geliebt und gehaßt und sind gestorben. Die große Verfolgung und Zerstörung in unserem Jahrhundert hat es überstanden. Jetzt sollte es einer Tankstelle weichen. Nur ein Haufen verkohlter Balken, die im Regen glänzten, war noch übrig, als ich gestern nacht daran vorbeifuhr.

Dabei hat alles zuerst gar nicht so schlecht ausgesehen. Die Bewohner von Ergezwu begannen, sich ihrer jüdischen Gemeinde zu erinnern und beschlossen, ein Museum zu errichten. Die Synagoge war, wie in vielen anderen Orten auch, nach dem Krieg in ein Feuerwehrhaus umgebaut worden. Da man es weiterhin benötigte, beschloß man, eine Gründerzeitvilla, die einem reichen und wohltätigen Fabrikanten gehört hatte, als Museum herzurichten. Und hier beginnt meine Geschichte.

Angefangen hat es ja wirklich wie im Märchen. Eines Tages sah ich im Büro des Direktors der staatlichen Kunstsammlungen ein buntes Glasfenster, kreisrund, mit einem Davidsstern aus Glas. Das Fenster stammte von einem Antiquitätenhändler in der Umgebung. Kurz darauf nahm ich an einer Begehung der Fabrikantenvilla teil, die gerade renoviert wurde. Die Führung übernahm der Stadtpräsident der ehemaligen Kehilla – so nennen wir unsere Gemeinden – Ergezwu, der sich mit all seiner Persönlichkeit für die Errichtung des Museums einsetzte. Der Stadtpräsident war Christ und von Beruf Landwirtschaftsingenieur und pflegte sein Vieh mit Hingabe, so daß die Sitzungen immer so angesetzt werden mußten, daß er noch rechtzeitig in seinen Stall kam. Ein schöner Zug, denn auch die Tiere sind ja Geschöpfe Gottes.

Die Trockenlegung der Grundmauern der Villa hatte bereits Millionen verschlungen, so daß an eine Renovierung des Dachbodens nicht mehr zu denken war. Der Dachboden sollte jedoch in dem künftigen Museum die einzige größere zusammenhängende Ausstellungsfläche darstellen. Der Architekt hatte getan, was er konnte, alle Leitungen bis unters Dach verlegen lassen, aber es war kein Geld mehr da. Wir stiegen die schmale Treppe hinauf, die Decke war hier, wie in allen Räumen, wunderschön bemalt: ein hellblauer Himmel, Rosen am Rande und ein Vogel, der in den Lüften schwebte. Ich dachte an unser Laubhüttenfest, das unter freiem Himmel stattfinden mußte. Der Dachboden mit seinem dunklen Balkengeflecht riß mich zu Begeisterungsstürmen hin. Der Stadtpräsident, ein wenig verlegen, meinte: »Das ist aber schön, daß Ihnen unser Dachboden so gut gefällt.« Wenn man am oberen Ende der Treppe stand, fiel das Auge als erstes auf ein kreisrundes Fenster, das in das Dach eingelassen war. Ich dachte an die Scheibe mit dem Davidsstern, die wie gemacht war für diese Öffnung und die den Dachboden in ein mystisches Licht tauchen würde.

Vorläufig strahlte jedoch das kalte Licht der finanziellen Fakten. Der Gründungsausschuß des Museums richtete noch einmal ein dringendes Schreiben an den Stadtpräsidenten, den Dachboden doch unbedingt mitzurenovieren, da das Museum sonst viel zu wenig Platz habe und nicht richtig arbeiten könne – jedoch erfolglos. Alles wurde auf später verschoben, auf ein »Irgendwann«, das sicher niemals eintreten würde, niemand hatte mehr den Mut, etwas zu unternehmen. Ich aber hatte ein Buch von Primo Levi gelesen, mit dem Titel *Wann, wenn nicht jetzt?* und wußte, daß jetzt der einzig richtige Augenblick war. Und wo ein Wille ist, ist auch ein Weg, so ungewöhnlich und verschlungen er oft auch erscheinen mag. Denn wer schließlich helfend und rettend eingriff, war, so unglaublich das klingt, die heilige Maria, in unserer Sprache Mirjam genannt. Der Direktor der staatlichen Kunstsammlungen hatte mir einmal ganz beiläufig erzählt, daß der Stadtpräsident ein glühender Verehrer der heiligen Maria sei. Und der Stadtpräsident war das Zünglein an der Waage: Wenn er gewonnen war, war alles gewonnen. Da aber die harten Fakten des Geldes nicht zu übersehen waren, bat ich um einen Termin beim Finanzminister des Landes, der mir sofort und unbürokratisch, wie es so schön heißt, die Zusage machte, wie bisher anteilig mitzufinanzieren, falls der Stadtpräsident grünes Licht geben würde. Am nächsten Tag rief ich den Stadtpräsidenten an und erzählte ihm freudestrahlend von der Zusage des Finanzministers.

Noch einmal erklärte mir der Stadtpräsident des langen und breiten, weshalb ein Ausbau trotzdem nicht möglich sei, er könne die Stadt nicht in den finanziellen Ruin stürzen.

»Es freut mich ja, daß Sie so mitleben, aber es geht nicht. Es geht einfach nicht.«

Nach fünf Minuten gab ich scheinbar auf.

»Ich habe ja auch nicht erwartet, daß Sie jetzt eine Zusage machen«, sagte ich. »Da hilft nur mehr ein Stoßgebet zur heiligen Maria.« Mir war jetzt alles egal.

»Ja, oder auch zum heiligen Josef oder zum heiligen Antonius«, entgegnete der Stadtpräsident voller Ernst.

»Nein«, erwiderte ich, »da liegen Sie völlig falsch. Der heilige Josef als Zimmermann kann zwar zur Not noch für den Dachboden herangezogen werden, aber der heilige Antonius ist bekanntlich für verschwundene und verlorene Gegenstände zuständig. In ausweglosen Situationen hingegen hilft nur die heilige Maria. Ich erinnere mich genau, wie wir als Kinder ein Lied gesungen haben, ein Marienlied, in dem es hieß: ›Nein, oh Mutter, weit und breit schallt's durch deiner Kinder Mitte, daß Maria eine Bitte nicht erhört, ist unerhört.‹«

Der Stadtpräsident schwieg überrascht.

»Daß Sie so etwas kennen, das hätte ich nicht gedacht.«

Er hatte mich wahrscheinlich für eine ›kritische Intellektuelle‹ gehalten, was auch immer er sich darunter vorstellen mochte, und traute mir die Kenntnis von Marienliedern einfach nicht zu.

»Ich singe das Lied auch oft«, meinte er schließlich. »Wenn ich es das nächste Mal in der Maiandacht singe, werde ich an Sie denken.«

»Sie sollen nicht an mich denken, Sie sollen den Dachboden ausbauen«, entgegnete ich, und die Kühnheit des Desperados gab mir einen neuen Gedanken ein: »Die heilige Maria war schließlich auch eine Jüdin, die wäre sicher für den Ausbau des Dachbodens gewesen.« Ich wußte ja selber nicht mehr, wo ich hingehörte, ob zu Mirjam oder zu Maria, und eigentlich war das ja gleichgültig. Damit war das Gespräch beendet, und ich legte den Hörer auf die Gabel.

Einige Wochen später nahm ich an einer Gruppenreise zu den Jüdischen Museen in Pop und Mokum, Frankfurt und Amsterdam teil. Wir übernachteten in Kevelaer am Niederrhein, bekannt durch Heinrich Heines Gedicht »Die Wallfahrt nach Kevelaer«. In der Gnadenkapelle zeigte eine der Deckenfresken eine Arche Noah, die aussah wie der Dachboden von Ergezwu. Wir zündeten eine Kerze für den Ausbau an und schickten dem Stadtpräsidenten eine Ansichtskarte mit dem Arche-Noah-Motiv. Drei Wochen später wurde der Ausbau genehmigt.

Das war der erste Teil der Geschichte, der zweite begann ebenso geheimnisvoll. In dieser Zeit tauchte in den Prozeßakten des Stadtarchivs von Ergezwu ein seltsamer kleiner Zettel auf, der auf beiden Seiten mit hebräischen

Buchstaben beschrieben war. Der Text auf der einen Seite war ein Kassiber: Zwei Gauner arrangierten einen Treffpunkt auf einer Brücke, wo sie Diebesgut austauschen wollten. Der eine hieß Israel Samuel, genannt der Schreterle, und stammte aus Prag, sein Komplize war Samuel Mayer. Samuel Mayer war zusätzlich noch Heiratsschwindler, da er einer Bürgerstochter namens Barbara Purtscher die Ehe versprochen hatte. Die beiden Gauner wurden ergriffen, mit Ruten ausgestrichen und 1675 für ewig aus dem Lande »verbannisirt«.

Auf der Rückseite des kleinen Zettelchens jedoch war ein Liebesbrief in jiddischer Sprache geschrieben: »Verzaint, ich hon dos klaine briwlain, dos mir nit in main hartz liber kon gesain.« Der Schreiber hatte ein Brieflein von seiner Liebsten erhalten und erklärte ihr nun in schönen Wendungen seine Liebe: Hundert Jahre sollte sie die Seine sein, leben sollte sie, bis der Himmel einstürzte, und frisch und gesund sollte sie bleiben, bis ein Fisch von der Erde auf den Tisch sprang, also bis in alle Ewigkeit. Dann ging es weiter: »Un ich winsch ich dir a hous fun zimerent un a dach vun muschkotn un di tir vun neglen un schaibn vun krischtel.« Auf immer und ewig sollte sie nicht von ihm abfallen, seine liebe, gute Gönnerin. Er selbst sei gesund, und wenn es ihr gut gehe, Gott sei dahinter, dann sei er reich genug. »Waiter waas ich nisch mejr zu schraibn.«

Eine meiner Tanten, meine Lieblingstante, hatte, als wir noch Kinder waren, für uns zu Weihnachten jedes Jahr ein Lebkuchenhaus gebacken. An ein solches Lebkuchenhaus mußte ich denken, als ich vom »Haus aus Zimt«, vom »Dach aus Muskaten« und der »Tür aus Nelken« und den »Scheiben aus gesponnenem Zucker« las.

Ich suchte im *Jüdischen Kochbuch* der Marie Elsässer, in der Hoffnung, daß es vielleicht einen jüdischen Brauch gebe, zur Hochzeit solche Häuser zu backen. Das fand ich nicht, wohl aber ein Rezept für den traditionellen jüdischen Hochzeitskuchen, der mit Zimt, Muskat und Nelken gewürzt wird. In die Glasur kommen zudem zwölf geriebene Bittermandeln, um auf die Schattenseiten des Ehestandes hinzuweisen.

Einige Zeit später fuhr ich nach Michelstadt im Odenwald, wo ich mich mit einem Freund traf, den ich bis dahin nur platonisch geliebt hatte. Wir besichtigten die ehemalige Synagoge, in der ein kleines jüdisches Museum untergebracht war. Ein Schofar lag in einer Vitrine, Akten aus der Zeit der großen Verfolgung und Zerstörung, z. B. über die Vertreibung von Martin Buber, und viele Andenken an Isaac Löw Wormser, den Baal-Schem von Michelstadt, der an der Wende vom 18. zum 19. Jahrhundert in diesem Nest gewirkt hatte, eine Talmudschule führte, die Birnenzucht um eine Sorte bereicherte und als Ehestifter von weither aufgesucht wurde. Isaac alias Sekkel Löw-Wormser, der Wunderrabbi, stammte aus einfachsten Verhältnissen, fiel aber schon als Knabe durch außergewöhnliche Klugheit und Menschenliebe auf. Einmal soll er auch dem Schinderhannes begegnet sein, der zur selben Zeit als Räuberhauptmann im Odenwald tätig war. In der Biographie dieses hochberühmten und wohltätigen Mannes ist seltsamerweise eine Episode verzeichnet, die in Dornberg in Tyrol spielt:

Der Baal-Schem hatte einst einen sehr begabten Schüler, der unter den Einfluß eines Schloßkaplans geriet, eine Freistelle im Konvikt zu Feldberg bekam, dort getauft und zum Pfarrer ausgebildet wurde. Als er es bis zum Bischof von Chur gebracht hatte, trat er wieder in brieflichen Kontakt mit dem Baal-Schem, zauderte aber, dessen Rat zu befolgen und sein bisheriges Leben aufzugeben. Zunächst wollte er seine Güter in der Nähe von Feldberg verkaufen und dann noch einmal die Ostermesse in Dornberg feiern. Der Baal-Schem raffte sich auf und reiste eigens nach Dornberg, um dies zu verhindern. Diese Geschichte spielte sich zu Ostern 1830 ab. In Dornberg durften keine Juden wohnen, wie in ganz Tyrol nicht, mit Ausnahme einer einzigen Familie. Bei dieser Familie fuhr der Baal-Schem vor, begleitet von einem Schüler, er wurde aber sehr schlecht empfangen. Die Familie berichtete, sie setze sich der größten Gefahr für Leib und Leben aus, wenn sie jetzt jüdische Gäste aufnehme. Am Sonntag sei eine große Prozession, zu der eigens der Bischof von Feldberg anreise, um das Hochamt zu zelebrieren. Das Haus dieser Familie befand sich gerade vor dem auf dem Marktplatz errichteten Altar, seit einigen Tagen strömte die Landbevölkerung in ununterbrochenen Wellen herbei. Sie selber dürften sich an diesen Tagen kaum auf die Straße wagen, würden aber noch mehr Juden am Ort gesichtet, könnten sie die Folgen nicht verantworten. Gerade der Rabbi mit seinem langen Bart und seinem langen schwarzen Rock sei besonders gefährdet, da er leicht die Aufmerksamkeit der um diese Zeit wegen des Todes Jesu am Kreuz besonders erregten Bevölkerung auf sich ziehen könne. Die Familie bat und beschwor den Rabbi und seinen Begleiter, Dornberg sofort zu verlassen, der Baal-Schem ließ sich jedoch nicht beirren und schickte seinen Schüler aus, den Bischof noch vor Beginn der Ostermesse, zu deren Einleitung gerade das Te Deum erscholl, von den Stufen des

Altares herunterzuziehen, um ihn auf der Stelle zur Umkehr zu bewegen. Tatsächlich kehrte der Bischof zu seinem alten Glauben zurück, entsagte seiner kirchlichen Würde und ließ sich in Venedig nieder, wo er unter dem Namen Giuseppe Menasse ein Bankhaus gründete, aus dem später die Banca di Santo Spirito wurde. Non olet!

Soweit die Geschichte des Baal-Schem und des Bischofs von Dornberg. – Unser Hotel in Michelstadt, der »Wilde Mann«, lag direkt neben dem Wohnhaus von Isaac Löw Wormser. Wir speisten in den »Drei Hasen« zu Abend, tranken in einer Kneipe einige Gläser dunklen Salvator-Bieres und beschlossen dann – es war kurz nach Mitternacht, und der Mond schien voll vom silberbewölkten Himmel –, den jüdischen Friedhof zu suchen, auf dem sich das Grab des Wunderrabbis befand.

Wir wanderten durch die nächtlichen Straßen, leicht aufwärts durch ein Wäldchen. Der Mond und das Salvator-Bier gaben mir den Mut, mich bei meinem Begleiter einzuhängen. Neben dem Fußballstadion fanden wir schließlich den Friedhof, dessen Tor verschlossen war, den aber nur eine niedere Mauer umgab. Ein Käuzchen schrie, eine Wolke verdeckte kurz den Mond. Wir schwangen uns an einer niedrigen Stelle mühelos über die Mauer und standen kurz darauf vor dem Grabstein, auf den wir nach jüdischer Sitte einige Steine legten. – Unsere Zimmer im Hotel lagen unmittelbar nebeneinander. Am nächsten Tag fuhren wir nach Hause, jeder für sich. Ich habe diesen Mann nie wiedergesehen.

Bei meiner nächsten Reise nach Michelstadt ging ich wieder auf den Friedhof, diesmal bei Tag, und besuchte noch einmal das Grab des Baal-Schem. Statt eines Steinchens legte ich einen silbernen Ring mit einem Herzen, halb aus Silber, halb aus Elfenbein, den ich in Mexiko gekauft hatte, auf den Grabstein. Einige Zeit später erhielt ich einen Brief jenes Mannes, der ebenfalls nach Michelstadt gereist war und auf den Friedhof gegangen war. Ein paar Kinder hatten ihm erzählt, daß ein schöner silberner Ring auf dem Grabstein gelegen hätte, jetzt aber verschwunden sei. Und das war wirklich das letzte, was ich von ihm hörte. –

In der Kehilla Ergezwu wurde inzwischen das Museum eröffnet, einschließlich des Dachbodens. Alles war sehr schön und auf den neuesten ausstellungstechnischen Stand gebracht. Wehmütig strich ich an einer Vitrine vorbei, die oben ein Schild mit einer hebräischen Inschrift trug. Das Schild mit der Inschrift stammte von einem alten Thora-Schrein, Geschenk einer benachbarten Gemeinde. Der Schrein war zu unhandlich und abgeschabt gewesen, so daß man nur das Schild verwenden konnte. Auch ein wunderschöner Hochzeitshimmel aus blauer Seide schlummerte in einem Depot vor sich hin, da er nicht ins Museumskonzept gepaßt hatte. Ich dachte an den Wunderrabbi von Michelstadt.

Zur Eröffnung des Museums von Ergezwu fand eine Tagung statt, über das Landjudentum in Süddeutschland. 1768 wurde von einem Pfarrer Ulrich ein Lied aufgezeichnet, das sicher älteren Ursprungs ist:

> Wo bist zu Haus, Hebräer mein?
> Ich bin von Rheinegk an dem Rhein.
> Ich bin genannt Jud Simon
> und zieh hinab nach Arbon.

Im Landkreis Coburg gab es 1926 bereits 25 Telefone in jüdischen Häusern. Jüdische Kaufleute behandelten ihre Angestellten wie Mitglieder der Familie, ja beschenkten sie unter dem traditionellen jüdischen Weihnachtsbaum. In den Augen der christlichen Dorfbewohner von Herscheid unterschied sich die jüdische Bevölkerung auf dem Dorf durch Mobilität und städtisches Kulturinteresse. Die jüdischen Frauen fielen durch ihre schicken Hüte auf. Jüdische Kinder nahmen christliche Kinder in die Synagoge mit. Das Zusammenleben in der Weimarer Republik funktionierte gut, Konflikte ergaben sich aus den unterschiedlichen sozialen Schichten. »Wir haben Kindsmordlegenden und Pogrome wie in anderen Regionen auch«, berichtete der Referent. In der Nazizeit wurde die Lage anders. Die Reichspogromnacht wurde noch geahndet. »Wo die Verbrechen am größten waren, ist die Tendenz am größten, das herunterzuspielen«, meint der Professor für Volkskunde. »Das führt zu einer Schreckensgeschichte, von der es politisch noch immer nicht opportun ist, sie bekanntzumachen.« Im Laufe der Debatte wird er deutlicher: »Wie die da auf dem Land Familien überfallen haben, die Familie Guttmann zum Beispiel, die in ihrem eigenen Haus beschossen wurde ...« Der Volkskundler schweigt und läßt lieber die Finger von den brenzligen Themen. »Den Zerfall der jüdischen Gemeinden nach 1938 muß ein Zeithistoriker darstellen.«

Während der Vorträge sitzt eine Zuhörerin, die von einer Familie aus Ergezwu abstammt, aber jetzt in Wien lebt, mit gesenktem Kopf und geschlossenen Augen da. Ich überlege, was sie wohl denkt, ich denke, daß sie sich furchtbar fühlen muß, weil man wahrscheinlich ihre Angehörigen ebenso umgebracht hat. In der Pause frage ich sie, ob sie müde sei. »Nein«, sagt sie, sie sei im Schlafwagen von Wien hergefahren.

Eine Londoner Historikerin zeigt einen Fernsehfilm mit Interviews, die sie mit österreichischen Emigranten in England gemacht hat. Viele von ihnen haben 1989 zum ersten Mal mit jemandem über diese Zeit gesprochen. Eine Pelzhändlerin erklärt, sie könne das Geräusch des Marschierens seit damals nicht mehr hören. Die SS-Männer hätten ihr gefallen, sie war damals siebzehn, und sie schienen ihr weniger brutal als die Wiener. Bei den Reden zur Eröffnung des Museums sitze ich neben einem Freund, der während seines Studiums in London als Putzmann gearbeitet hat. Er wurde nur in jüdische Familien vermittelt. Eine lebenslustige Jüdin habe ihm erzählt, sie hätte vor ihrer Emigration noch ein Verhältnis mit einem SS-Mann gehabt. Am Abend fuhr ich von Ergezwu nach Hause und sah an der Bushaltestelle die Frau aus Wien stehen. Ich hielt an, und sie stieg zu mir ins Auto. Sie erzählte mir, daß sie und ihr Bruder die Zeit der großen Zerstörung und Verfolgung überlebt hätten, weil sie auf einem Kindertransport nach England entkommen konnten, kurz bevor es zu spät war. Ihre Eltern hatten ebenfalls Glück. Sie wurden als sogenannte U-Boote versteckt. Als ich sie vor ihrem Hotel aussteigen ließ, sagte sie zum Abschied: »Sie haben mir das Leben gerettet.« Ich konnte nicht mehr fragen, warum, so schnell war sie verschwunden.

»Sei mir gnädig, o Gott, sei mir gnädig! Denn zu dir nimmt Zuflucht meine Seele, und ich will Zuflucht nehmen zu dem Schatten deiner Flügel, bis vorübergezogen das Verderben.« (Psalm 57)

Und doch hört sie nicht so auf, die Geschichte aus der Kehilla Ergezwu, die irgendwo und überall spielt. Der gnädige Gott ließ mich bei einer Ausstellung einen Rabbiner kennenlernen, der aus Ungarn stammte. Zu ihm kamen jede Woche mindestens drei Leute, die zum mosaischen Glauben übertreten wollten. Er hielt sie für verrückt. »Haben Sie denn noch nicht Probleme genug?«, pflegte er die Bewerber zu fragen, »brauchen Sie denn unsere noch dazu?«. Er war 1944 als Kind verschleppt und mit zahlreichen Leidensgenossen in einer Zuckerfabrik in Südmähren eingesperrt worden, unter Bewachung der SS. Jeden Abend sei der SS-Mann gekommen und habe ihnen vom Fortgang des Krieges erzählt und ihnen Mut gemacht. Damals habe er zum ersten Mal das Parteiabzeichen gesehen. Schließlich wurden sie befreit, und er war gerettet. »Und daran *muß* ich denken, sonst würde ich mich hängen«, meinte der Rabbiner zum Abschluß.

# Die Elefanten der Schweiz

Wendelin Wandelgast hatte ein Problem. Er war zwar Käsefabrikant, doch die Produkte seiner Firma schmeckten ihm nicht. Viel lieber hielt er sich an den berühmten Schinken, den Daniel Purtscher aus den im Lauteracher Ried gemästeten Schweinen herstellte. Sankt Daniels Schinken, hauchdünn geschnitten, mit ein paar scharfen Pfefferoni aus dem Glas und kleinen, pikanten Essiggurken, das war das Lieblingsessen von Wendelin Wandelgast, das er in einem Maße liebte, daß ihm schon der Gedanke daran das Wasser im Munde zusammenfließen ließ, bis es an den Mundwinkeln fast herausträufelte.

Soeben dachte Wendelin Wandelgast wieder an sein Leibgericht, versuchte jedoch eifrig, die sichtbaren Folgen seines Speichelflusses dezent in seinem Taschentuch verschwinden zu lassen, denn er befand sich in einer Sitzung des Käseproduzentenverbandes. Es ging darum, neue Strategien für den Export von Schmelzkäse zu entwickeln. Im Grunde hielt Wendelin Wandelgast Schmelzkäse für eine gastronomische Verirrung, doch er hatte den Betrieb von seinem Vater, Wendelin Wandelgast dem Zweiten, er selbst war der Dritte, geerbt und mußte sich notgedrungen mit diesen Fragen beschäftigen. Früher waren die Dinge noch einfach gewesen, als die Menschen noch nicht gesundheitsbewußt lebten und mehr Wert auf aparte Geschmacksnoten wie Schmelzkäse mit Salamigeschmack oder ähnliches legten. Damals konnte man die

Käufer sogar noch bei ihrer klassischen Bildung packen und mit einem Spruch wie »Edel, milchreich und gut« für »Wendelins Schmelzkäse«, denn so hieß die Marke seit nunmehr drei Generationen, werben. Der Spruch prangte noch heute über dem Fabriktor, war aber inzwischen von den hohen Bäumen, die den Eingang säumten, ziemlich verdeckt und erst sichtbar, wenn man sich unmittelbar vor dem Eingang befand. Wendelin dachte schon lange daran, ihn durch einen neuen Slogan ersetzen zu lassen, aber die Produkte des Werbebüros hatten ihn bis jetzt nicht befriedigt. »Wendelins Schmelzkäse« war ja auch ein etwas zu altväterischer Name, der sich schwer mit den heute üblichen knalligen Kurzformeln kombinieren ließ. »Erfolgsgeneration – Wendelins Schmelzkäse essen« klang nun einmal nicht überzeugend, da das retardierende Element des langen Namens die Dynamik der Erfolgsgeneration auf eine Weise bremste, die Wendelin Wandelgast den Dritten an saure Milch erinnerte.

Der Vorsitzende des Käseproduzentenverbandes leierte gerade eine Tabelle mit Exportzahlen herunter, die nicht gerade aufmunternd klangen. Es mußte etwas geschehen, um dem Käseexport neuen Auftrieb zu geben, das war klar. Noch klarer war es, wenn man an die Folgen des drohenden EG-Beitrittes dachte, an die Konkurrenz aus Ländern, die in puncto Reinheitsgebot und Qualität natürlich keineswegs mithalten konnten. Wendelin Wandelgast, der ein heimlicher Schöngeist war und gerne las, hatte schon daran gedacht, Jeremias Gotthelf für seine Zwecke einzuspannen. Vor kurzem hatte er den *Bauernspiegel* fertiggelesen und darin einen Satz gefunden, der seine Phantasie nicht mehr losließ. Da kehrt ein Schweizer aus fremden Kriegen heim und blickt über die Matten seines Vaterlandes: »Vor mir lag meine Heimat ... Tief unten im Tale glänzte in der abendlichen Sonne die Wetterstange auf meines Großvaters Hause, das stolze Bauernhaus auf der Talwand oben sah ich auch mit seinen glitzernden Fenstern, und vor demselben die Elefanten der Schweiz, die stattlichen Kühe auf der Herbstweide.« Die Elefanten der Schweiz hatten es Wendelin Wandelgast angetan, daraus mußte sich doch exporttechnisch etwas machen lassen. Er ließ die Worte des Vorsitzenden ungehört an seinem Ohr vorbeigleiten, da er ohnehin nicht vorhatte, sich an die Direktiven des Produzentenverbandes zu halten, sondern plante, auf eigene Faust einen Vorstoß zu machen. »Kühe – die Elefanten der Heimat. Verleiben Sie sich ihre Ruhe ein, ihre Stärke, ihre Kraft, und niemand wird Ihnen widerstehen.« Wendelin Wandelgast sah diese Worte geradezu vor sich, wie eine Menetekel-Schrift auf der Wand des Sitzungssaales. Dazu ein Werbeplakat, auf dem ein unwiderstehlicher Mann einer hingebungsvoll niedersinkenden schönen Frau unwiderstehlich in die Augen blickte. Im Hintergrund sah man die Reste eines Picknicks im Freien, mit Vollkornbrot und dem neuen Produkt »Wendofant«, den Schmelzkäsewürfeln, die unwiderstehlich machten, da die Elefanten der Heimat die Grundlage dafür geliefert hatten. Der Clou bei den »Wendofant-Würfeln« war der, daß sie angereichert waren, mit einer ernährungstechnischen Geheimwaffe sozusagen, die alle Konkurrenten in der EG aus dem Rennen schlagen würde. Denn nach langem Nachdenken hatte Wendelin Wandelgast ohne die Hilfe einer Werbeagentur das Mittel gefunden, das seinen Käsewürfeln die Unwiderstehlichkeit verleihen würde.

Er war auf dieses Mittel gestoßen, als er auf dem Toilettentisch seiner Frau die Autoschlüssel suchte, die sie angeblich dort liegengelassen hatte. Zwischen den Flaschen mit Gesichtspflegemitteln und Nagellack – oder war es Haarlack? Wendelin Wandelgast kannte sich da nicht so gut aus – hatte er eine Broschüre gefunden, die ein Mittel anpries, um einer Geißel der modernen Menschheit keine Chance mehr zu geben, ihre verheerenden Wirkungen zu verbreiten. Wendelin Wandelgast war damals auf das breite französische Bett niedergesunken, hatte den Zweck seiner Suche, die Autoschlüssel, vergessen und sich in die Broschüre vertieft.

»Lieber Leser, liebe Leserin! Änderten vor Jahren die Vitamine unsere Eßgewohnheiten, so tun dies heute die Spurenelemente. Mangelt es heute kaum an Vitaminen, so leidet fast jeder von uns an chronischen Spurenelement-Defiziten.« Genau, das war's. Die heutigen Käufer konnte man ja nicht mehr bei der bloßen Lust am Essen packen, denen mußte man etwas unterjubeln, was ein Defizit ausbügelte, einen Mangel behob, erst dann waren sie glücklich, erst wenn sie beim Essen gleichzeitig ihre kostbare Gesundheit unterstützt und womöglich ihr Leben gerettet hatten. »Was sind Spurenelemente?« las Wendelin Wandelgast weiter. »Spurenelemente sind Salze und Nicht-Salze, die unser Körper täglich braucht. Diese Spurenelemente steuern über 50 000 verschiedene Stoffwechsel-Vorgänge.« Wendelin Wandelgasts Herz jubelte auf: Das war ja genau das, was er für die Käserei brauchen konnte! Salze! Die waren schon immer wichtig gewesen, und mit den Nicht-Salzen würde er schon auch noch zu Rande kommen. »Woher kommen Spurenelemente?« las er weiter. »Unser Körper produziert kein einziges Spurenelement selbst. Wir nehmen diese Salze aus der täglichen Nahrung auf und verbrauchen sie wieder (Schweiß, Urin, Stuhl).« Nun ja, diese unappetitlichen Details würde er für die Werbung nicht verwenden können. Aber die Frage: »Woher kommen Spurenelemente?« sollte jedes Kind nach ein paar Jahren mit dem Satz beantworten können: »Aus den Wendofant-Käsewürfeln, dem wichtigsten Bestandteil unserer Nahrung.« Statt der Spezialitäten früherer Jahre, wie Kräuterschmelzkäse, Rauchfleischschmelzkäse, Nußkäse oder der Rarität Kirschenkäse, die ohnehin schlecht gelaufen war, hatte er damals den Entschluß gefaßt, Spurenelemente in seine Käseecken zu mischen. Und nun, in Kombination mit den Gotthelfschen Elefantenkühen, hatte er endgültig die rettende Idee: Ab sofort würde er Gesundheitskäse in großem Stil herstellen, ein Wohltäter der Menschheit sein, der noch dazu ein Geschäft damit machte. –

Wendelin Wandelgast kehrte geistig in die Sitzung des Käseproduzentenverbandes zurück und lauschte kurz den Worten des Vorsitzenden. »Wir müssen die Herausforderungen der Gegenwart annehmen, wir müssen mit konkurrenzfähigen Produkten in den größeren Markt eintreten! Zerbrechen Sie sich die Köpfe, meine Herren, zerbrechen Sie sich die Köpfe, ich erwarte Ihre Vorschläge.« Wendelin Wandelgast hütete sich, einen Vorschlag zu machen, beschloß vielmehr, in seinem kleinen Käseversuchslabor einen Pilotversuch mit seiner neuen Idee zu starten. Er sah sie schon vor sich, seine Spezialitäten, um die sich die Käufer wie um Wundermittel reißen würden: »Wendis Zinkofant Würfel«, speziell gegen Impotenz, Haarausfall, Schuppenflechte und brüchige Nägel, »Wendis Ferrofant-Würfel« mit Eisen für blasse Kinder, Jugendliche im Wachstum und Schwangere, »Kalifant« für Menschen mit Darmträgheit, Herzbeschwerden und Muskelkrämpfen, »Calcifant« gegen Streß, welke Haut, Osteoporose und schlechte Zähne, »Mangofant« mit Mangan für ältere Menschen, Allergiker, Asthmatiker, Epileptiker und Rheumatiker und sozusagen als Volksnahrungsmittel »Selofant« mit Selen gegen Rheuma, Herzinfarkt, Grauen Star und Schwermetallbelastung, da er der Broschüre entnommen hatte, daß acht von zehn Österreichern an Selen-Mangel litten. Später würde er dann noch einen Mischkäse entwickeln, mit Lithium, Vanadium, Arsen, Zinn, Fluor, Jod, Kobalt und Germanium gegen Depressionen, für gesunde Knochen und Zähne und zur Steigerung der Immunabwehr. Wendelin Wandelgast schauderte bei seinen kühnen Ideen, aber er war entschlossen, sie in die Tat umzusetzen. Seinem Käse mußte die Welt gehören, über kurz oder lang. Nicht mehr edel, milchreich und gut sollte er sein, sondern elefantengleich, elementenvoll und exklusiv und deshalb teuer, ja vor allem teuer, damit er sich endlich seinen Wunschtraum erfüllen konnte, ein Haus in der Karibik, wo er sich vorzeitig zur Ruhe setzen wollte, um nur mehr lesen zu können.

Wendelin Wandelgast verließ die Sitzung und begab sich nach Hause. Seine Frau war gerade nicht da, und so ging er gleich in sein Versuchslabor, das er sich auf dem Dachboden eingerichtet hatte, für kleinere Gelegenheiten, wenn er nicht die großen Apparaturen in der Fabrik in Anspruch nehmen wollte. Er nahm eine Ecke »Wendelins Schmelzkäse«, die im Laborkühlschrank lagerte, schmolz sie noch einmal ein und versetzte sie mit einer

Dosis Zink, die gerade den von der Weltgesundheitsbehörde empfohlenen Mengen entsprach. Anschließend goß er die zähe Masse in eine kleine Form, die er inzwischen aus Blech zurechtgebastelt hatte und ließ sie darin erstarren. Der erste Zinkofant hatte das Licht der Welt erblickt, ein sagenhaftes Nahrungsmittel und gleichzeitig das Allheilmittel gegen Diabetes und chronische Ekzeme. Mit der Elefantenform konnte man sicher auch Kinder beglücken. Zufrieden biß Wendelin Wandelgast in seine Kostprobe, obwohl er Schmelzkäse ja normalerweise verabscheute, und war zufrieden. Vom Zink schmeckte man gar nichts, der angenehm fade, nur ganz leicht säuerlich-pikante Geschmack, der seinen Schmelzkäse bei manchen Käufern unverständlicherweise so beliebt machte, dominierte eindeutig. Das Produkt konnte auf den Markt geworfen werden.

Wendelin Wandelgast stieg ins Wohnzimmer hinunter. Seine Frau war noch immer nicht da. Er schaltete den Fernseher ein und sah sich einen Krimi an, in dem ein Geschäftsmann seinen Nebenbuhler, der ihm seine Frau ausspannte und der zugleich sein wirtschaftlicher Konkurrent war, mit einer Schaufel erschlug, ihm das Gesicht verunstaltete, einen Raubmord vortäuschte und dann doch erwischt wurde. Wendelin Wandelgast schüttelte den Kopf. So konnte man keine Probleme lösen, mit diesen dilettantischen Methoden.

Anschließend begab er sich in seine Bibliothek und setzte die Lektüre von Ovids *Metamorphosen* fort, die er sich nach dem Gotthelf vorgenommen hatte. Er genoß die Vision des Goldenen Zeitalters, wo man ohne Druck die Gesetze einhielt und keine Richter brauchte, da jeder sich freiwillig an die Gesetze hielt. Er jedoch lebte in einer anderen Welt, im Zeitalter der Spurenelemente, von dem Ovid noch nichts ahnen konnte.

Als seine Frau schließlich nach Hause kam, ließ er sie den »Zinkofant-Würfel« in Elefantenform kosten. Sie war begeistert und schlug ihm vor, seine neue Idee doch gleich in großem Stil umzusetzen. Vorher jedoch machte Wendelin Wandelgast noch einen Spaziergang. Er kam an der Fabrik seines Intimfeindes und größten Konkurrenten vorbei, Cölestin Holzer, dessen Werk hart an der Autobahnabfahrt plaziert war und sich »Grömolka« nannte, die größte Molkerei aller Zeiten. Die Leute kauften die Produkte von »Grömolka«, weil sie billig und weil die Kunden ahnungslos waren, aber eingeweihten Stimmen zufolge sollte das Joghurt nach Benzin schmecken und der Schmelzkäse nach Blei. Früher hatte diese Tatsache Wendelin Wandelgast zutiefst erbittert, aber jetzt lachte er nur. Er würde die Konkurrenz mit ihren eigenen Waffen schlagen. Nicht Blei aus Versehen, von dem niemand etwas wissen durfte, sondern Spurenelemente mit Absicht. Das war seine neue Devise, und damit würde er sein Glück machen.

In den nächsten Tagen bekam ihn seine Frau kaum zu Gesicht. Wendelin Wandelgast hatte sich in sein Labor eingeschlossen und widmete sich seinen Experimenten. Er tauchte nur ab und zu auf und verschwand dann mit wirren Haaren in der Bibliothek, wo er in Ovids *Metamorphosen* oder in irgendwelchen obskuren Apothekerhandbüchern herumstöberte. Nach Ablauf von vierzehn Tagen lud er Cölestin Holzer zu einem Abendessen ein, bei dem als Abschluß des fünfgängigen Menus eine Käseplatte mit seinen neuesten Creationen serviert wurde. Cölestin Holzer war besonders von dem Mischkäse mit

Germanium, Vanadium und allem möglichen angetan, und Wendelin Wandelgast versprach, ihm zum persönlichen Gebrauch eine Sonderportion in Form eines Riesenelefanten zukommen zu lassen, den er sich sukzessive, zuerst den Rüssel, dann die Ohren, dann die Stoßzähne usw. einverleiben konnte. Cölestin Holzer zeigte sich hocherfreut. Wendelin Wandelgast hatte sich sein neues Produkt inzwischen patentieren lassen und den EG-Normen angepaßt. Sein Werk florierte wie noch nie. Ein besonderer Glücksfall fügte es, daß Cölestin Holzer bald darauf an einem heftigen Durchfall erkrankte, den die Ärzte auf eine Salmonellenvergiftung zurückführten, da Holzer es nicht lassen konnte, zum Frühstück weiche Eier zu essen. Da er schon etwas altersschwach war, folgte bald darauf das Begräbnis, die Firma »Grömolka« wurde dem Wendofant-Konzern einverleibt. Wendelin Wandelgast, der unermüdliche Experimentator hingegen, stellte sich zum eigenen Gebrauch Spezialwürfel her, die mit geriebenem Nashornpulver versehen waren, sodaß ihm seine Frau sogar nach zwanzigjähriger Ehe noch immer nicht widerstehen konnte.

Abends saß er gerne in seiner Bibliothek, blätterte in den *Metamorphosen* und griff dann und wann nach einem Apothekerhandbuch, in dem er still vor sich hin lächelnd das Kapitel über die segensreichen Wirkungen des Arsens durchblätterte, wobei er genußvoll in ein Butterbrot mit Sankt-Daniels-Schinken zu beißen pflegte.

# Der Teufel ist der Freund des Menschen

Man muß nur schlau sein, und so tot wie möglich, dann läßt sich das Leben schon ertragen. Felix jedoch gelang dies nicht. Lag es daran, daß er nicht schlau genug war, lag es daran, daß er noch zuviel lebte – das Leben an sich ertrug er jedenfalls schwer. Bis er ein überraschendes Angebot erhielt. Ein Zigarettenfabrikant, der seine Überschüsse in Kultur anlegen wollte, beschloß, eine Zeitschrift zu gründen, die ein im frühen achtzehnten Jahrhundert verbreitetes, inzwischen aber vollkommen ausgestorbenes Genre wieder zum Leben erwecken sollte: das Totengespräch. Alle vierzehn Tage hatte Felix, der dieses Blatt redigieren durfte, ein Totengespräch zu verfassen. Es sollte nebst anderen Beiträgen den Inhalt der »Hadespost«, wie sich das Produkt nannte, bilden.

Nachdem Felix sich in einigen Wochen intensiven Studiums mit der Materie bekannt gemacht und mehrere Jahrgänge von Totengesprächen aus dem frühen achtzehnten Jahrhundert durchgelesen hatte, machte er sich an die Arbeit für sein erstes Gespräch, das den Titel trug: »Der Teufel ist der Freund des Menschen.« Wenn schon, denn schon, hatte er sich gedacht, und sich als Gesprächspartner für seinen ersten Text, mit dem das Produkt »Hadespost« lanciert werden sollte, gleich den Teufel gewählt, obwohl dies keineswegs den Gepflogenheiten entsprach. Genaugenommen kam der Teufel überhaupt nie in Totengesprächen vor, da er ja im eigentlichen Sinne nicht tot war, wie er ja auch im eigentlichen Sinne nicht lebendig war, sondern sich jenseits dieser Kategorien bewegte. Felix jedoch wünschte sich den Teufel zum Zwiegesprächspartner und machte sich beherzt an die Arbeit.

Im ersten Abschnitt ließ er den Teufel sich mit einem vor kurzem verstorbenen Staatschef unterhalten, der sich vehement für die Einigung Europas eingesetzt hatte und der noch allen potentiellen Lesern gut im Gedächtnis sein mußte. Der Teufel, ein jovialer Mittfünfziger im eleganten Zweireiher, empfing seinen Gast wie zu einem Staatsbesuch in einer Höhle am Ufer des Charon, die zum Konferenzbüro umgestaltet war. Auf dem Flusse fuhren Tote aus aller Herren Länder vorbei, nicht nur zukünftige Europäer, die diese Zukunft nicht mehr hatten erleben dürfen und sich nun höchstens sagen konnten: Hätten wir länger gelebt, hätten wir Europäer sein können, doch nun sind wir, leider, nur Briten, Franzosen, Griechen oder Österreicher, die einen wenigstens schon Teileuropäer, die anderen bloß sehnsuchtsvolle oder angstgeschüttelte Zaungäste, als sie die Knochenhand des Todes vom Tische des zukünftigen gemeinsamen Marktes einfach weggerissen hatte.

»Sehen Sie diese Fahrgäste«, meinte der Staatschef mit einer Übersichtshandbewegung, mit der er die Kunden Charons erfaßte, »welch eine Fülle von Zoll- und Paßschwierigkeiten hätte man diesen einfachen Menschen, die ja nun alle gleich sind, ersparen können, wenn sie als europäische Bürger in den Hades eingegangen wären. Was meinen Sie dazu?«

Der Teufel ließ sich zu einem diabolischen Lächeln hinreißen und sagte: »Wissen Sie, wir hier in der Unterwelt sind da nicht so pingelig. Im Gegenteil. Unserem Fährmann wäre langweilig, könnte er nicht in verschieden gestalteten und mit verschiedenen Stempelmarken beklebten Pässen blättern. Und die Leute selbst fühlen sich im Jenseits auch wohler, wenn sie vorher ordentliche Wurzeln hatten. Europa als einzige Wurzel ist schon etwas dürftig, mit Verlaub gesagt. Botanisch gesprochen, hätten Sie es in diesem Falle mit einer Pfahlwurzel zu tun, wie sie etwa die Föhre auszeichnet. Wir bevorzugen aus verschiedenen Gründen vielfältig gestaltete Wurzelformen, und sei es nur, um den Herkunftswurzelschnitzern, die ihrem Hobby bei uns frönen, ansprechendes Material zur Verfügung zu stellen.«

Der Staatschef war verblüfft, er hatte den Teufel für ein Produkt der Aufklärung und damit der Französischen Revolution gehalten und deshalb mit seiner Zustimmung gerechnet.

»Der Mensch ist eben verschieden, auch als Toter«, beschloß der Teufel seine Ausführungen.

Der Staatsmann ließ nicht locker: »Aber bedenken Sie doch, Europäer in der Hölle, mit denen könnten Sie auch viel leichter Ordnung halten. Sie sind normiert, vor allem auch in seelischer Hinsicht, was für Sie ja ausschlaggebend sein müßte. Der europäische Normtote, Qualitätsgruppe H, das sind die Höllenkandidaten«, fügte er umgangssprachlich hinzu, »müßte doch auch für Sie vielerlei Arbeitserleichterungen bringen und das Personal für qualifiziertere Leistungen freistellen«, schloß er voller Begeisterung.

»Finden Sie mich unterqualifiziert beschäftigt?« fragte der Teufel mit einem sardonischen Lächeln. »Ich für meinen Teil tue doch nichts lieber, als mir mit unterschiedlichen Höllenkandidaten die Zeit zu vertreiben. Denken Sie an meine Phantasie, die kann sich einfach besser austoben an verschiedenen Qualen ...« Das sardonische Lächeln vertiefte sich zu einem satanischen.

»Aber«, stieß der europäische Staatschef hervor, »aber das Chaos, das diese Toten sicher auch bei Ihnen anrichten werden. Kurz vor meinem Staatsbesuch bei Ihnen habe ich noch in der Zeitung gelesen, daß auf den Philippinen ein Verkehrschaos verursacht wurde, weil ungefähr tausend Köche und Freiwillige eine Riesenwurst produziert haben, die einen Kilometer lang war, um ins Guinnessbuch der Rekorde zu kommen, und mit dieser Wurst durch die Hauptstadt paradiert sind. Mit europäischen Normwürsten kann man kein Verkehrschaos herstellen, da können Sie sicher sein.«

Der Teufel war immer noch nicht überzeugt. Da griff der Staatschef zu einem letzten Ausweg: »Aber die unschätzbaren Vorteile, die Ihnen aus unserer Statistik erwachsen könnten! Wir in Europa sind ja noch nicht soweit, aber ich könnte mir auf diesem Gebiet schon eine Kooperation vorstellen: In Alabama ist die Südliche Baptistenkirche zu der Auffassung gelangt, daß 46,1 Prozent der Bewohner Alabamas in die Hölle kommen könnten, und hat zur Demonstration dieses Ergebnisses eine Landkarte und eine statistische Aufstellung veröffentlicht, aus denen hervorgeht, wie sich die 1,86 Millionen Menschen dort, die einmal der ewigen Verdammnis anheimfallen werden, auf die einzelnen Landkreise verteilen. So etwas für Europa, ein gesamteuropäisches Höllenregister, wäre das nichts für Sie?«

Zum ersten Mal schien der Teufel etwas schwankend, doch dann entschied er: »Nein. Dann hat ja auch der Tod nichts Spannendes mehr. Wir hier in der Unterwelt schließen schließlich Wetten darauf ab, ob der oder die in den Himmel oder in die Hölle, oder wie Sie unsere diversen Abteilungen nennen wollen, kommen wird. Die ganze Spannung wäre dann dahin.«

Der europäische Staatschef ließ resigniert die Hände in den Schoß sinken. Der Teufel bot ihm jovial eine Zigarette an, Marke »Hadoises«, die in der Unterwelt hergestellt wurde. Der Staatschef machte ein paar Züge, worauf sich seine Miene wieder etwas aufheiterte. »Wirklich ein ausgezeichnetes Kraut, das Sie hier rauchen«, meinte er anerkennend.

»Kein Wunder«, lachte der Teufel, »wir haben ja Spezialisten mit Kenntnissen aus den verschiedensten Ländern, die wir ansetzen können. Nur schade, daß wir den Menschen das Rezept nicht verraten dürfen, denn sonst wäre der Run auf die Hölle nicht mehr zu bremsen.«

Mit diesen Worten ließ Felix das Totengespräch enden, nicht ohne seinen Lesern versprochen zu haben, in der nächsten Nummer die irdisch am ehesten entsprechende Zigarettenmarke zu verraten.

# Ein Gericht von vierblättrigen Kleeblättern

Soeben war er ihren Blicken entschwunden. Sie starrte auf das orangefarbene Tablett vor ihr mit der leeren Kaffeetasse und verließ die Cafeteria. Was ist das menschliche Glück? fragte sie sich und mußte sich zur Antwort geben: ein Gericht von vierblättrigen Kleeblättern. Vor ihrem inneren Auge sah sie einen riesigen Teller, angehäuft mit grünem Klee, der bis in den Himmel wuchs. Da beschloß sie, ein Kochbuch zu schreiben: *Über die Arten, den vierblättrigen Klee genießbar zu machen.*

Es begann mit Kleesuppe mit Weißwein, schritt weiter zu gratiniertem Viererklee, Viererklee mariniert, als Salat und als Fritto Misto, gemeinsam mit Fliegenpilzen und als Zutat zu verschiedenen Fisch- und Fleischgerichten: Glücksschweinbraten mit Viererkleegemüse, Sankt-Petersfisch im Viererkleemantel und Viererkleepastete mit Schornsteinfegersauce. Selbst süße Varianten zwang sie dem vierblättrigen Klee ab, darunter eine Karottentorte mit Kleefüllung.

Als sie das Kochbuch fertig hatte, machte sie sich auf die Suche nach den Zutaten. Durch die Überdüngung war die Spezies des vierblättrigen Klees ausgestorben, sie konnte noch so lange auf allen vieren über Wiesen und Weiden kriechen.

Schließlich stand sie vor der Wahl des Trimalchio, eines berühmten Feinschmeckers der Antike, dessen Vermögen so zusammengeschmolzen war, daß es nicht mehr zur Finanzierung einer opulenten Schlemmerei ausreichte. Vor die Alternative gestellt: schlechtes Essen oder Tod, wählte er den Selbstmord. Sie benügte sich damit, ihre Präferenzen auf dreiblättrigen Klee umzustellen, nachdem sie bei einer ihrer Kleesuchkriechereien mit dem Kopf gegen das Knie eines einsamen Wanderers gestoßen war, der mit einem großen Fernrohr das Alpenglühen betrachtete. Der Wanderer überzeugte sie davon, daß nur das Erreichbare gut sei. Vierblättriger Klee in der heutigen Situation sei eine Absurdität. So hielt sie sich in jeder Hinsicht an ihn und stellte die Rezepte in ihrem Kochbuch auf dreiblättrigen Klee um, in dem sie die Mengenangaben jeweils um ein Viertel erhöhte.

Die Gerichte aus dreiblättrigem Klee sättigten genauso wie die aus vierblättrigem, schmeckten gleich und dennoch: Sie wurde immer dünner, sie aß den dreiblättrigen Klee aus vollen Schüsseln und verhungerte fast dabei.

Abgemagert und blaß irrte sie eines Tages durch die Straßen einer Stadt und begegnete einem alten Mann, der einen Strauß mit vierblättrigen Kleeblättern in der Hand hielt. Ihr trauriger Blick rührte ihn, und er schenkte ihr ein Kleeblatt.

Sie setzte sich auf eine Bank in der Sonne und begann mit ihrer Banknachbarin ein Gespräch. »Ein Gericht von vierblättrigen Kleeblättern«, fragte sie, »was ist das wohl?«

»Ein Gericht«, meinte die Nachbarin, »ein Gericht ist dort, wo Richter sind.«

Sie hielt ihr Kleeblatt in der Hand und machte sich auf die Suche nach einem Richter. In der Stadt erzählte man ihr von einem jungen Mann, der manchmal plötzlich verschwinde und eine Stiege hinaufeile, um dort einen Richter sich erhängen zu sehen. Also lauerte sie dem jungen Mann auf und folgte ihm unauffällig, als er eines Tages plötzlich vom Wirtshaustisch aufsprang. Er verschwand auf einem Dachboden, sie kam gerade noch zurecht, bevor die Türe vor ihr ins Schloß fiel. Auf einem Stuhl stand ein älterer Mann, von einem Balken baumelte eine Schlinge, in die er gerade seinen Kopf legte. »Nein«, schrie sie, »ich brauche Sie! Halten Sie ein!« Der Richter wandte ihr verwundert das Gesicht zu, eine Türe fiel ins Schloß, der junge Mann hatte die Flucht ergriffen. Der Richter stieg vom Stuhl, sie reichte ihm die Hand und führte ihn zu einem Holzstoß, wo sie beide Platz nahmen.

»Ich brauche Sie«, wiederholte sie noch einmal. »Hier, dieses vierblättrige Kleeblatt, das schenke ich Ihnen. Das menschliche Glück ist ein Gericht von vierblättrigen Kleeblättern. Hier haben Sie eines.«

Der Richter nahm ihr voll Verwunderung das Kleeblatt aus der Hand und sah sie sinnend an. Dann erhoben sich beide und schritten die Stiege hinunter. Der junge Mann hatte sich am unteren Ende versteckt und kam jetzt weinend aus seinem Versteck.

»Verzeihen Sie«, schluchzte er und fiel dem Richter um den Hals, »verzeihen Sie mir. Ich wollte Ihren Tod, darum bin ich Ihnen gefolgt. Verzeihen Sie mir.«

Der Richter legte ihm beruhigend die Hand auf die Schulter und sagte: »Das menschliche Glück verbietet mir, Ihnen zu zürnen oder mich zu rächen. Seien Sie beruhigt, ich trage Ihnen nichts nach. Gehen Sie nur.«

Der junge Mann wollte sich bereits zum Gehen wenden, nachdem er mit einem großen, blau-braun-karierten

Taschentuch seine Tränen getrocknet hatte, als sie ihn fragte: »Und weshalb wollten Sie den Richter sterben sehen?« Da befiel den jungen Mann eine große Verlegenheit, doch sie sagte: »Scheuen Sie sich nicht, die Wahrheit zu sprechen, ich kann schweigen und der Richter neben Ihnen auch.« Der Richter nickte gravitätisch und strich sich über eine fiktive Perücke, die er auf dem Haupt zu tragen meinte.

»Ich bin ein höherer Sohn«, begann der junge Mann, »doch eigentlich bin ich ein Halsabschneider. Dieser da«, und er zeigte auf den Richter, »hat einen schönen Hals, und ich tue nichts lieber, als Hälse abzuschneiden, kunstvoll und voll Pietät. Glauben Sie mir, ich hätte Sie nicht getötet, ich hätte gewartet, bis Sie tot sind, bevor ich meine Kunst an Ihnen ausgeübt hätte«, schluchzte er noch einmal, zu dem Richter gewandt, der sich mit der Linken prüfend über seine Kehle strich.

»Nun ist mir ein Stein vom Herzen gefallen«, sagte sie, »ich dachte schon, Sie sind ein Mörder. Doch nun zu Ihnen, Herr Richter, was hat Sie bewogen, zum Strick zu greifen?« Der Richter betrachtete das Kleeblatt in seiner Hand, dann sagte er: »Ich hätte wirklich einen Grund gehabt, den Tod zu suchen. Durch meine Schuld nahm sich ein blühender junger Mann das Leben, den ich zu Unrecht verurteilt hatte. Das ist die Ursache, warum ich nicht mehr weiterleben wollte.«

»Je nun«, sagte sie, »das menschliche Glück hat sie gerettet.« Sie hängte sich bei den beiden ein und verließ, den Richter zur Linken, den jungen Mann zur Rechten, das Haus. Auf der Straße angelangt, lenkte das Kleeblatt seine Schritte zum nächsten Wirtshaus, um auf das menschliche Glück anzustoßen.

# Wanda

Seit sie Josef kannte, wurde Wanda von entsetzlicher Eifersucht geplagt. Keine Frau konnte sich ihm nähern, ihm die Hand drücken oder mit ihm ein Gespräch führen, ohne daß Wanda die abenteuerlichsten Geschichten in ihrem Kopf sich abspulen sah wie einen Film in zahllosen Episoden mit dem Titel: »Die Qualen der Eifersucht.« Dabei gab ihr Josef keinerlei Anlaß zu solchen Einbildungen, so daß sie selbst am meisten unter dieser Bilderflut litt. Sie wagte es nicht mehr, Josef davon zu erzählen, seit er, nach anfänglichem, von mildem Lächeln begleiteten Kopfschütteln kategorisch erklärt hatte, er wolle davon ein für allemal nichts mehr wissen. Ein für allemal. Wanda fürchtete zu sehr, ihn zu vergrämen oder seinen Zorn zu erregen, als daß sie noch etwas zu sagen gewagt hätte. Vor allem aber fürchtete sie, Josef durch die Bilder ihrer Phantasie erst auf Gedanken zu bringen, von denen sie doch unbedingt wollte, daß er sie nicht hätte, und so schwieg sie still.

Doch dieses Schweigen lastete schwer auf ihr. Am quälendsten war Cornelia, die Blondine. Josef kannte Cornelias Familie, wußte, daß sich ihre Mutter nach dreißig Jahren endlich hatte scheiden lassen, nachdem bereits acht Kinder das Licht der Welt erblickt hatten. Cornelia war die jüngste Tochter, Verkäuferin, und hatte prachtvolle blonde Haare, die sie immer so zur Schau stellte, daß sie am besten zur Geltung kamen. Außerdem war sie jung und hübsch und verwickelte Josef geschickt, wie Wanda fand, in ein Gespräch über ihre schrecklichen Familienverhältnisse, wobei sie Josef mit großen Augen ansah. Mit theatralisch schmerzumflorten Augen, wie Wanda fand.

Warum die Mutter das so lange durchgehalten hat?

Sie hat ihn eben geliebt, den Vater, und immer gehofft, daß doch noch etwas aus ihm wird, aber der Vater war ein Tunichtgut und hat sich um nichts gekümmert. Schließlich hat die Mutter dann doch die Scheidung eingereicht. Cornelias Großvater hatte Josefs Vater gekannt, Cornelias böser Vater war mit Josef im Schwimmclub gewesen usw. usw. Cornelias blonde Haare schimmerten verführerisch, Wanda sah Josef und Cornelia vor sich, als Paar, mit einer siebenköpfigen Kinderschar. Josef wäre sicher glücklich mit sieben Kindern geworden, und sie, Wanda, war schon achtunddreißig und wußte gar nicht, ob sie überhaupt noch ein Kind bekommen konnte. Vielleicht heiratete Josef auch Cornelias Mutter und adoptierte die acht vorhandenen Kinder, das wäre auch eine Möglichkeit gewesen.

Wanda jedenfalls war todunglücklich über sich selbst.

Um diesem Zustand abzuhelfen, begab sie sich zu einem Therapeuten, einem Gesprächstherapeuten, genauergesagt. Er saß hinter einem Tisch, rauchte eine Pfeife, verbarg die untere Hälfte seines Gesichtes unter einem dichten Matratzenbart und sah sie, wie Wanda fand, erwartungsvoll und skeptisch zugleich schweigend an. Wanda schilderte ihren Zustand, der Therapeut fand weiter nichts Besorgniserregendes daran und riet ihr nur, Tagebuch über ihre Phantasien zu führen. Wanda sollte ihre Vorstellungen über zwei Wochen in allen Details festhalten, dann würde man weitersehen.

Wanda ging in ein Papiergeschäft und kaufte ein dickes Heft, umgeben von Menschen mit Kindern, die Schultüten erwarben, Geschenkpapier einkauften oder einfach Bleistiftspitzer und Radiergummis. Nur Wanda war allein mit ihren Phantasien und ihrem dicken Heft.

Zuhause lag Josef im Wohnzimmer auf dem Sofa und hörte Musik. Er hatte ein Gipsbein und konnte deshalb nicht arbeiten, in seinem Beruf als Archivar. Wanda murmelte etwas von »Kaffeehaus« und »Deshalb etwas länger weggeblieben« und versteckte das Heft im Badezimmer im Wäschepuff unter dem Berg schmutziger Wäsche. Da würde Josef auch nicht zufällig hinschauen und so Einblick in ihre tiefsten Geheimnisse erlangen, derentwegen sie sich selbst am meisten schämte. Die Geschichte mit Cornelia beziehungsweise Cornelias Mutter und den sieben bis acht Kindern hatte sie bereits niedergeschrieben.

Am nächsten Tag besuchten Josef und sie Bruno, einen alten Freund von Josef, der ihnen seine neue Freundin vorstellen wollte. Der alte Freund war Automechaniker, wog mindestens hundertzehn Kilo, schwitzte unentwegt und unverdrossen und hatte Wanda immer schon durch seine Frisur fasziniert, einen Kranz von fahlblonden Haaren, die am unteren Rand halbmondförmig um seine schimmernde Glatze wuchsen und ihm lang und wirr in den Nacken hingen. Die Freundin, Schauspielerin von Beruf, kam etwas verspätet, weil sie am Vortag an der Hochzeit ihrer Schwester in einer entfernten Stadt teilgenommen hatte und erst an diesem Tag zurückgereist war. Als Wanda, Josef und Bruno friedlich im Gasthaus saßen und an ihren Gläsern mit dunklem Bier sogen, ging plötzlich die Tür auf, und Johanna trat herein. Und gleich fing sie an, von der Hochzeit zu erzählen. Sie hatte die Fürbitten lesen dürfen und an der Stelle gestanden, an der sonst nur der Pfarrer stand, nicht in einem Meßgewand, sondern in einem tiefdekolletierten Kleid. »Typisch Schauspielerin«, hatte ihr Vater nachher bemängelt. Auch sonst war diese Hochzeit nicht im üblichen Rahmen verlaufen: Braut und Bräutigam, ein englischer Bierbrauer, hatten selbst die Heiratsformeln »Willst du den und den oder die und die zum ehelichen Manne beziehungsweise Weibe nehmen« gesprochen. Als die Schwester ihrem Angetrauten zum Zeichen des Bündnisses den Ring an den Finger stecken wollte, hatte er zuerst nicht richtig gepaßt, sie mußte zerren und drücken, bis der Ring sich anstecken ließ, dann wiederholte sie die Formel noch einmal mit ruhiger Stimme. »So nimm denn meine Hände«, murmelte Josef mit feierlicher Kirchenstimme als Begleitung zu dieser Schilderung, dann war das Hochzeitsthema abgewickelt.

Wanda jedoch wurde sofort wieder von einer Bilderflut heimgesucht. Sie nahm sich zusammen, bis sie abends mit Josef im Bett lag, dann fragte sie ihn sicherheitshalber noch: »Was ist denn das für ein Lied, ›So nimm denn meine Hände‹?« und Josef antwortete: »Ein evangelischer Choral. ›So nimm denn meine Hände und leite mich daran, bis an mein seliges Ende ...‹« – da hatte Wanda schon genug gehört. Sie murmelte »Zuviel Bier« und wankte ins Bad, wo sie das Heft unter der schmutzigen Wäsche hervorholte und zu schreiben begann.

Josef und Johanna, die neue Freundin von Josefs Freund, standen vor dem Traualtar und reichten sich die Hände, warum sonst sollte Josef dieses Lied erwähnt haben? So also war Josef: Vor ihrer Nase, ja sogar vor ihren Ohren, fast hätte sie geschrieben: im Angesicht ihrer Ohren, entblödete er sich nicht, mit dieser ihm bis dato unbekannten Person, die noch dazu die Braut seines besten Freundes war, anzubandeln, ja sogleich ein geheimes Einverständnis herzustellen und sozusagen als Trockenschwimmübung die Hochzeitszeremonie an den Wirtshaustisch zu verlegen.

Wanda kamen vor Kummer die Tränen, aber was sollte sie machen? Sie konnte Josef nichts davon erzählen, der würde sie nur auslachen. Im Augenblick hatte sie nur das dicke Heft, in vierzehn Tagen war sie beim bärtigen Schweigetherapeuten wiederbestellt.

Am nächsten Tag, als Wanda von der Schule, in der sie angestellt war, nach Hause zurückkam, lag Josef lachend auf dem Wohnzimmerteppich und wühlte in einer alten Schachtel.

»Schau dir das einmal an«, brachte er zwischen zwei Lachanfällen hervor, »was ich da gefunden habe!« Mit diesen Worten hielt er Wanda eine graugrüne Broschüre hin, die er aus der Schachtel gezogen hatte. »Ich habe das Arbeiten natürlich nicht lassen können, trotz Krankenstand«, erklärte er Wanda. »In dieser Schachtel da sind alte Broschüren vom Dachboden des Archivs, die soll ich ausmisten, ob etwas Brauchbares für meine Arbeit drin ist. Und nun höre –«

Mit theatralischer Miene faltete er das graugrüne Heft auseinander und begann vorzutragen: »DICHTER (– mit Großbuchstaben –) sind selten RECHNER (– ebenfalls Großbuchstaben)«, fügte er murmelnd hinzu, »und selten hat der Mathematiker ein besonders freundliches Verhältnis zur künstlerisch gebrauchten und geformten Sprache.

DER VOLKSSCHULLEHRER ABER – fett und gesperrt gedruckt –, der Volksschullehrer aber muß – neben so manchen anderen Dingen – beide Reiche beherrschen und bei den Schülern für beide VERSTÄNDNIS UND BEGEISTERUNG (– wieder fett gedruckt –) wecken. Wie selten auch beim Methodiker die Fähigkeit ist, beide Gebiete mit dem gleichen vollen Leben zu füllen, zeigt ein Überblick über das reiche methodische Schrifttum.«

Josef blickte kurz von der Lektüre auf: »Es war eben nicht jeder ein Wittgenstein«, fügte er hinzu.

»Aber nun horch weiter: Meist sind Deutsch- und Rechenmethodiker verschiedene Personen, oder – und das ist schlimmer – ein Nurmethodiker schlägt beide Gebiete über einen Leisten, schlägt sie wie zähes Leder. Unter den Methodikern unserer Tage ist nur einer, der DICHTUNG und RECHENKUNST, jetzt fett und gesperrt gedruckt –, als Unterrichtsgebiete zu vollem Leben erweckt: HEINRICH KEMPINSKY, der Goethe des kleinen Einmaleins sozusagen«, schloß Josef seine Vorlesung und brach von neuem in Lachen aus.

»Und schau, was da sonst noch drin steht«, sagte er, indem er Wanda neben sich auf den Teppich zog und seinen Arm um sie legte. »›Der Winter in der Dichtung‹, über den die Hessische Schulzeitung schreibt: ›K. versteht es meisterhaft, die Jugend ins Wunderland der Kunst zu führen. Durch die Ausnutzung vorhandener Stimmungen und durch glückliche Verbindung von Dicht-, Gesangs- und Bildkunst (Gesamtunterricht!) erfährt der Unterricht eine Vertiefung, um die man sich sonst vergeblich bemüht.‹ – Und schau, was dann kommt:

›Morgen und Mittag in der Dichtung‹, ›Nun wird es Nacht. Von Abend, Wiege und Nacht, von Mond und Sternen in der Dichtung‹ und in Vorbereitung: ›Die Mutter in der Dichtung‹, ›Heim und Heimat in der Dichtung‹ und ›Die Arbeit in der Dichtung.‹ – Schade, daß wir nicht die Bücher selbst haben, aber vielleicht kannst du etwas damit anfangen.« Mit diesen Worten drückte er Wanda einen Kuß auf die Lippen und schob dann stöhnend sein Gipsbein zur Seite. Wanda fühlte sich schuldig, weil sie auf dem ganzen Heimweg schwarze Gedanken gebrütet hatte und Josef so lieb zu ihr war. Doch das Unglück ist für die von ihm Betroffenen nie angenehm, höchstens komisch für die Außenstehenden.

Josef hatte während Wandas Abwesenheit etwas zu essen gekocht, Spaghetti mit Steinpilzen, seine eigene Lieblingsspeise, und Wanda setzte sich schweigend zum gedeckten Tisch. Ihre innere Schwärze machte ihr mehr und mehr zu schaffen: Auf dem Nachhauseweg hatte sie bemerkt, wie sie, am Zebrastreifen wartend, jedem Autofahrer, der an ihr vorbeifuhr, ohne anzuhalten, einen frommen Wunsch nachschickte. Reifenplatzer, Kolbenscheuerer, Zündkerzen kaputt, Marderfraß an allen Kabeln – das waren noch ihre harmloseren Verwünschungen. Schon als Kind hatte sie manchmal mit solchen Anfällen zu kämpfen gehabt, das heißt, sie selbst hatte nicht damit zu kämpfen gehabt, bloß ihre Umgebung. Ihr war es als ganz natürlich erschienen, so zu handeln, wie sie es tat. Hatte etwa ihr kleiner Bruder eine schöne Sandburg gebaut und zeigte sie ihr voll Stolz mit dem Ausruf: »Schau wie schön!«, schaute Wanda sich das Kunstwerk an, sagte zufrieden: »Aber nicht mehr lange!« und trampelte voll Wonne in die Sandburg hinein. Niemand hatte sie damals verstanden, alle den Kopf geschüttelt über das unverständlich böse Kind, nur sie selbst hatte sich gar nichts dabei gedacht und fand die Sache eigentlich nur lustig. Was war denn schon eine Sandburg! Eine neue zu bauen war doch viel reizvoller als diese blödsinnige Bewunderung für einen zufällig in eine bestimmte Form gebrachten Haufen Sandkörner. Ihr Bruder war auch nie lange böse gewesen, eher erschrocken, und zu zweit hatten sie dann eine noch viel schönere Sandburg gebaut. – Aber diese Zeiten waren längst vergangen. Jetzt saß Josef vor ihr, sah sie erwartungsvoll an, weil er ein Lob für seine Nudeln erwartete und ihr Schweigen ihn irritierte, und sagte schließlich: »Was ist dir denn heute für eine Laus über die Leber gelaufen?«

Wanda mußte lachen. Sie stellte sich eine Leber vor, wie sie sie aus der Metzgerei kannte, mit einer Laus darauf.

»Ach nichts«, sagte sie. »Ich bin bloß ein böser Mensch und möchte nicht so sein.«

»Ach was«, meinte Josef tröstlich, »böse sind wir alle. Das ist im Schöpfungsplan so vorgesehen, sonst wäre das Gegenteil gar nichts Besonderes. Wie schmecken dir übrigens die Nudeln?«

Wanda hatte gerade eine Ladung Spaghetti um die Gabel gewickelt, sie mit ein paar Steinpilzen zusätzlich beladen und sich in den Mund geschoben. »Hervorragend«, nuschelte sie mit vollem Mund, »viel besser als im Gasthaus.«

Josef betrachtete zufrieden sein Werk, da sprang Wanda plötzlich auf und verschwand Richtung Badezimmer. Als sie zurückkam, war sie bleich im Gesicht und grünlich um die Nase. »Ich weiß nicht, was das war«, stöhnte sie, »plötzlich ist mir etwas im Hals steckengeblieben.« Josef versuchte sie zu beruhigen und ihr eine frische Portion auf den Teller zu schöpfen, aber Wanda wollte nichts mehr. Sie legte sich aufs Kanapee und streckte alle viere von sich. Josef kam zu ihr gehumpelt und hielt ihre Hand. »Wer weiß«, sagte er, »vielleicht steht in ›Morgen und Mittag in der Dichtung‹ auch etwas über das Essen. Aber leider haben wir das Buch nicht, ich könnte mir nur etwas für dich ausdenken. Zum Beispiel eine ›Ode an den Steinpilz‹: ›Die Himmel rühmen des Pilzes Aroma, der von dem Steine den Namen erhielt. Er krönt den Spaghetti, gekocht von der Oma, und schmeckt jedem Menschen, der die Gabel je hielt.‹«

Wanda mußte lachen, obwohl ihr nicht zum Lachen zumute war. Als sie vorhin auf die Toilette gestürzt war, hatte sie ihrem Tagebuch wieder etwas anvertrauen müssen: Josef, in seinen finsteren, auf Blondinen oder Schauspielerinnen ausgerichteten geheimen Gedanken, plante, sie beiseite zu schaffen, und hatte ihr deswegen ein vergiftetes Pilzgericht zu essen gegeben ... Schon der Gedanke allein genügte, daß Wanda entsetzlich schlecht wurde, deshalb war sie auch ganz grün zurückgekehrt.

Am nächsten Abend hatten Wanda und Josef Karten für eine Aufführung des *Nabucco* auf der Seebühne. Wanda hatte die Oper schon einmal in Verona gesehen, allerdings vom Inhalt überhaupt nichts verstanden außer dem Gefangenenchor, den sie schon als Kind auf einer abgekratzten Schellackplatte zum Leidwesen der übrigen Familienmitglieder unermüdlich angehört hatte. Auch damals war ihr der Inhalt ein Rätsel gewesen, sie stellte sich unter Gefangenen eben irgendwelche eingesperrten Leute vor, es spielten Chor und Orchester der Mailänder

Scala, und sie verstand kein Wort Italienisch –, aber an der Stelle, wo der Chor nach einer Pianostelle zu den Worten »Arpa d'or dei fatidici vati«, wie sie inzwischen wußte, plötzlich geradezu aufschrie, wäre sie am liebsten schon immer in die Knie gesunken und hätte mitgefleht, gleich, um was es sich handelte.

Nach der Aufführung in Verona, bei der sich der Dirigent nach dem ersten Absingen des Chores umgedreht hatte und dann das Publikum mit viel mehr Inbrunst und Feuer zum zweitenmal die Melodie intonierte, hatte sie sich den Text gekauft und gelesen. Sie wußte also, worum es ging, Josef begnügte sich mit der Zusammenfassung im Opernführer.

Das Wetter hatte am Vortag umgeschlagen, es war zwar klar, aber sehr kalt. Wanda und Josef saßen, in ihre Wintermäntel gehüllt und mit einer zusätzlichen Decke über den Knien, auf den Stufen der Festspieltribüne und drückten sich gegen die Kälte eng aneinander. Die Bühne sah aus wie ein zugeklappter altmodischer Plattenspieler, bei dem man seitlich eine Kurbel befestigen mußte, um ihn in Gang zu bringen. Als die Ouvertüre begann, tauchten plötzlich jugendliche Gestalten mit langen Schläfenlocken und Geigenkästen unter dem Arm auf der Zuschauertribüne auf und bewegten sich über einen schmalen Steg auf die Bühne, wo ihnen von Gestalten, die wie Nazis aussehen sollten, die Geigenkästen rüde abgenommen und auf einen Haufen geworfen wurden. Die Kinder mit den Schläfenlocken wurden in ein Buch eingetragen und nahmen auf einem Schiff Platz, das am Ende der Ouvertüre mit ihnen abfuhr, vermutlich in die Deportation, aber es sah eher aus wie ein Internatsausflug.

Die Musik plätscherte inzwischen fröhlich-martialisch dahin, Wanda konnte sich kaum zurückhalten, nicht in Schunkelbewegungen zu verfallen, aber vielleicht war auch die Kälte daran schuld. Dann klappte plötzlich der Deckel des schwarzen Bühnenkastens in die Höhe und war eine Art weiße Klagemauer mit hebräischen Schriftzeichen und quergestellten Kletterlatten. In einigen weißen Nischen saßen oder standen ebenfalls schwarzgekleidete Gestalten mit runden Judenhüten, die rhythmisch hin- und herschwankten oder still dasaßen. Unten auf der Bühne bewegten sich Chöre von weißgekleideten Jungfrauen und Tempeldiener, die Palmwedel und Davidssterne auf Stangen in der Luft hin und her schwangen. Der Hohepriester sang mit tiefer Baßstimme unheilvolle Weisen, jemand in grüner Uniform mit einem schmetternden, metallischen Tenor, den Wanda aufgrund ihrer Textbuchlektüre als Ismael, den jüdischen Hauptmann, identifizierte, sprang ebenfalls auf der Bühne hin und her. Dann sah man links auf der Vorbühne, mit den Füßen schon im Wasser, die Geisel Fenena, Nabuccos edle Tochter, die in einen Käfig gesteckt wurde und herzzerreißend sang.

Plötzlich schwang sich von einem seitlichen Turm eine batmanähnliche weibliche Gestalt in silbernem Outfit auf die Bühne, die böse, machtgierige Abigail, Nabuccos andere Tochter, die sich so in den Tempel einschleuste und ihrer Schwester Fenena Ismael wegschnappen wollte, der aber nur Fenena liebte. Im allgemeinen Trubel wurde schließlich von oben ein Kran mit einer Rampe heruntergelassen, auf dem Nabucco in vorderorientalischer khakibrauner Potentatenuniform stand und mit kräftigem Bariton böse, herrschaftsgierige Melodien hervorstieß.

In dieser Aufführung war der Sänger schwarz, ebenso wie seine Tochter Abigail. Nach einigem Wirbel auf der Bühne wurden die Juden dann in die Gefangenschaft abgeführt, Soldaten begannen, die Figuren auf der Klagemauer, die wie ein Adventskalender aussah, abzuknallen, dann klappte die ganze Klagemauer zusammen, drehte sich irgendwie, und die Mauern des Palastes von Nabucco in Babylon, golden und schwarz, erstanden auf in wuchtiger Architektur.

»In so einem Schloß möchte ich auch wohnen«, meinte ein kleines Mädchen hinter Wanda. Rechts auf der Vorderbühne stand ein großes, goldgerahmtes Porträt Nabuccos, der aussah wie Kaiser Menelek von Äthiopien, der sogar die englische Krone mit Krieg bedroht hatte. Prächtige, vorwiegend in Gold und Grün gekleidete Gestalten bewegten sich über die Bühne und sangen, die machtgierige Abigail mit langen, wehenden roten Haaren und Generalstressen auf den Schultern schwang einen Admiralsstab und fuhrwerkte herum. Eigentlich tat sie Wanda leid, weil sie erfahren mußte, daß sie gar nicht Nabuccos rechtmäßige Tochter war, sondern in Wirklichkeit eine Sklavin, und daß die Herrschaft eigentlich Fenena gebührte, die inzwischen mit den gefangenen Israeliten schmachtete.

Im Laufe dieses Aktes drehte Nabucco dann endgültig durch: Weder Baal noch der Gott der Israeliten waren die wahren Götter, sondern nur er selbst. Als er das von der Höhe der Palastmauer herunter verkündete, schlug der Blitz ein, die Mauer spaltete sich, Rauch zischte zum Himmel, und er selbst wurde wahnsinnig. Mit einer Strähne weißen Haares in seinem schwarzen Schopf irrte er anschließend in einem grauen Kittel über die Bühne, der Gnade und Ungnade von Abigail hoffnungslos ausgeliefert. Er schleuderte ihr ihre sklavische Abkunft entgegen, doch Abigail zerriß nur höhnisch lachend das Dokument, schüttelte ihre roten Haare und ließ Nabucco in einen Käfig sperren, aus dem heraus er herzzerreißend, aber vergeblich um Gnade flehte.

Wanda war so mitgerissen, daß sie gar keine Zeit hatte, auf Josefs Reaktionen zu achten. Anschließend setzte sich Abigail selbst auf den Thron. Irgendwann wurde es dann ziemlich dunkel, man sah den Käfig mit dem gefangenen Nabucco in die Höhe schweben, unter der Bühne wurde ein garagenähnlicher kahler Raum sichtbar, in dem sich die gefangenen Juden befanden. Im Halbdunkel bewegten sie sich über einen Steg bis vor die erste Reihe der Zuschauertribüne, aus der Mauer wuchs plötzlich ein Gitter empor, und dann begann die berühmte Melodie mit den Akkordzerlegungen der Streicher, die die goldene Harfe der Propheten imitieren sollten, die stumm in den Weiden hing.

Wanda fühlte sich unbehaglich. Kein Funke der Empörung, die sie selbst immer gespürt hatte, wenn sie als Kind diese Melodie gehört hatte. Die Gefangenen standen da wie Lämmer, die zur Schlachtbank geführt werden sollten und sich damit einverstanden erklärten. Selbst an der Stelle mit dem berühmten Aufschrei schwangen sie sich kaum zu einem Mezzoforte auf, blieben traurig und gebrochen. Wanda stieß Josef in die Seite und flüsterte: »Fürchterlich. Jetzt singen sie: ›Goldene Harfe der schicksalsweissagenden Propheten, warum hängst du stumm von der Weide? Zünde die Erinnerung wieder im Herzen an, erzähle uns von den vergangenen Zeiten und mache uns Mut in der Gefangenschaft.‹ Wenn man denen zuhört, könnte man glauben, sie singen: ›O du lieber Augustin, alles ist hin, wir werden geschlachtet und geh'n auch noch hin.‹«

Dann herrschte wieder ein ziemliches Durcheinander auf der Bühne, Nabucco, in seinem Käfig über dem Geschehen schwebend, bekehrte sich zum wahren Gott und wurde schließlich freigelassen. Der Käfig öffnete sich und faltete sich zu einer Art Kreuz auseinander, in dessen Mitte ein weißes Licht leuchtete, das mit Hilfe des Krans ständig über der Bühne hin- und herschwebte. Die böse Abigail wurde entmachtet, bereute dann doch noch und beging zum Schluß Selbstmord. Nabucco ließ die gefangenen Israeliten frei, Ismael und Fenena bekamen sich, Fenena wurde die neue Herrscherin.

Am Schluß klappte der Adventkalender wieder in die Höhe: Die Juden waren zu Hause und alles in Butter. Das Publikum tobte vor Begeisterung, Wanda und Josef packten ihre Decken zusammen und machten sich durch die Masse von 6000 Opernliebhabern, vorwiegend aus dem Raum Oberschwaben und der Ostschweiz, auf den Heimweg.

Josef war nicht besonders gerührt. »Wenn man bedenkt, daß der historische Nabucco, nämlich Nebukadnezar, gar kein solcher Wüterich war, er hat den gefangenen Juden freie Religionsausübung und alles mögliche andere erlaubt, wer täte das heute noch ...«

Wanda mußte ihm zwar zustimmen, aber ihr Herz hatte natürlich viel mehr die böse Abigail gewonnen. Die brachte Bewegung in das Geschehen, nur schade, daß sie sich am Schluß in Reue winden und umbringen mußte. Eigentlich war doch sie die Entrechtete und ungerecht Behandelte, kein Wunder, daß sie so reagierte.

Fenena war zwar edel, hatte es aber viel leichter. Wanda wünschte sich eine Fenigail, die, sozusagen schwarz-weiß gesprenkelt, die Eigenschaften der beiden polarisierten Schwestern in sich vereinigte. Da beide Ismael liebten, konnte diese Mischung mit ihm sicher besonders glücklich werden. Josef hatte sich vor allem für den gefangenen und wahnsinnigen Nabucco erwärmt, der wirklich herzzerreißend gesungen hatte, in seinem Wahnsinn im Käfig.

Wanda fiel auf, daß sie an diesem Abend keinerlei Eifersuchtsanfall gehabt hatte, obwohl es im Publikum von attraktiven Blondinen nur so wimmelte, die es heimlich auf Josef abgesehen haben konnten. Aber der Gefangenenchor, kombiniert mit dem um »Pietà« flehenden gefangenen Nabucco, hatte trotz der gebrochenen Singweise auch in ihr die Sehnsucht nach etwas erweckt: nach den Weisen einer goldenen Harfe, die Mut machen sollte in der Gefangenschaft des eigenen Herzens.

Am nächsten Tag kam ein Brief mit der Einladung zur Hochzeit von Johanna und Bruno. Eine Sorge weniger, dachte Wanda, die seit der Opernaufführung viel ruhiger geworden war. Josef saß, wie gewöhnlich, über seinen Archivschachteln und kramte in alten Broschüren, als Wanda ihm die Nachricht brachte. Er schien erfreut über das Glück seines Freundes und zeigte sonst keine Reaktion. Wanda ging in die Küche und aß eine Portion Spaghetti, diesmal mit Pfifferlingen, da Josef ein ausgesprochener Pilzliebhaber war. Jetzt kamen sie ihr absurd vor, ihre Gedanken, daß Josef sie mit einem Pilzgericht in die Ewigkeit hatte befördern wollen.

Ach, Josef ... Obwohl er nur zwei Zimmer von ihr entfernt war, dachte sie sehnsüchtig an ihn, an seine ungeschickten Umarmungen mit dem Gips, an seine sanfte Fürsorge mit den Pilznudeln, an seine Aufheiterungsversuche für ihre schwarze Seele. Sie schämte sich entsetzlich und ging ins Bad, um die Spuren ihrer Geistesverwirrung zu beseitigen. Schon hatte sie sich durch die abgezogene Bettwäsche durchgewühlt, die schmutzigen Socken und Unterhosen beiseite geräumt, als sie plötzlich das vertraute Klopfen von Josefs Gipsbein hinter sich hörte. Erschrocken sah Wanda von ihrer Arbeit auf.

Josef stand im Türrahmen und schüttelte den Kopf. »Du brauchst nicht weiterzusuchen«, sagte er leise. Wanda stand mit hängenden Armen da, ihr Herz klopfte bis in den Hinterkopf. Da humpelte Josef zwei Schritte auf sie zu, legte ihren Kopf an seine Schulter und streichelte ihre Haare. Wanda kamen die Tränen, aber Josef streichelte einfach immer weiter, bis Wanda ihn wieder ansah. »Eigentlich könnten wir eine Doppelhochzeit machen, mit Bruno und Johanna, dann geht alles in einem Aufwischen. Was meinst du?« fragte Josef.

Wanda schluckte ein paarmal, dann sagte sie dreimal, zuerst fragend, dann nachdenklich, dann bestimmt: »Ja? Ja ... Ja!«

# Margarita

Seit fünf Jahren war Margarita Vogel, geborene Ordoñez, Witwe. Sie hatte ihren Gatten mit dem gebührenden Schmerz begraben, doch nach drei Jahren war die Trauer gewichen. Margarita war zwar schon über fünfzig, aber gut erhalten und dachte, daß das Leben noch etwas in petto haben müßte, für eine Frau wie sie.

Fernando Vogel war Fabrikant gewesen, genauer gesagt: Käseproduzent. Er hatte die Firma »Quesos Alpa« von seinem Vater geerbt, der im Zweiten Weltkrieg nach Uruguay ausgewandert war und dort in der Schweizer Kolonie Nueva Helvecia die Käseherstellung nach dem Vorbild seines Heimatlandes eingeführt hatte. Die Vogels, eine alte Käserfamilie aus Bern, waren in diesem Metier erprobt, hatten doch Fernandos – ursprünglich nannte er sich Ferdinand – Ahnen unter dem Zaren die Käserei in Westpreußen heimisch gemacht. Der Zar hatte sie gerufen, sie waren gekommen, und als man sie nicht mehr brauchte, wieder vertrieben worden. Hier, in Nueva Helvecia, hatte die Familie mehr Glück gehabt, obwohl es in den Anfangszeiten zwischen den Schweizer Bauern, die Agricultores waren, und den ansässigen spanischen Hacienderos, die Viehwirtschaft mit wild weidendem Vieh betrieben und die Milchbauern gar nicht gerne sahen, zu Auseinandersetzungen gekommen war. Heute war Margarita die Chefin einer großen Fabrik, die eine bedeutende Rolle in der Versorgung des Landes mit Milchprodukten spielte und die auch schon ins Exportgeschäft eingestiegen war. Der »Queso fondido Alpa«, der berühmte Schmelzkäse der Firma, wurde in die ganze Welt exportiert.

Margarita bearbeitete gerade mit einer Kleiderbürste ihr schwarzes Trauerkostüm, denn am nächsten Tag sollte sie an einem Begräbnis teilnehmen. Vor einigen Tagen hatte der Hausmeister eines fünfstöckigen Appartementhauses morgens um halb acht eine weibliche Leiche gefunden, die mit zerschmettertem Gesicht auf dem Gehsteig lag. Es handelte sich um Elena Schwarz, die Tochter des Besitzers des schönsten Hotels von Nueva Helvecia, des Hotels Suizo. Sie hatte sich um ein Uhr nachts aus dem Fenster gestürzt, eine Nachbarin hatte ein Geräusch gehört, aber nicht darauf geachtet. Das stattliche Gebäude war ein historisches Monument in Nueva Helvecia: In ihm war die erste Post der Kolonie untergebracht gewesen, an der belebten Kreuzung der Avenida »Frau Vogel«, die ihren Namen von einer berühmten Hebamme in der Kolonie hatte, einer Vorfahrin von Margaritas verstorbenem Gatten, und der Avenida »Wilhelm Tell«. Wenn sich die Bewohner von Nueva Helvecia etwas Besonderes gönnen wollten, gingen sie ins Hotel Suizo und aßen Fondue. Elena, die Tochter, hatte die Konditoreischule in Luzern besucht. Margarita erinnerte sich, daß schon Elenas Vater einmal fast vom Strick geschnitten werden mußte, weil er bei einer Währungsreform sein ganzes Vermögen verloren hatte. Von Elena selbst war bekannt, daß sie als Kind aus dem Fenster des ersten Stocks gestürzt war und sich von diesem Sturz lange nicht mehr erholte. Jetzt herrschte allgemein die Meinung, sie habe an »Depressionen« gelitten, aber Margarita hielt nicht viel von diesem Wort. »Depressionen«, daß sie nicht lachte, deshalb brachte sich eine Schweizerin nicht um. Elena war etwas jünger als sie, auch Witwe, allerdings vorher von ihrem Gatten, von dem sie drei Söhne hatte, geschieden. Der Gatte war vor einem Jahr bei einem Fest auf der Kellerstiege ausgerutscht und hatte sich das Genick gebrochen. Elena stand fast allein auf der Welt: Ihre Eltern, das alte Ehepaar Schwarz, war schon längere Zeit tot, eine Schwester war in die Schweiz zurückgekehrt, ihre Söhne in Brasilien und Argentinien verheiratet. Lediglich zwei alte Tanten, die noch die ländlichen Sitten ihrer Berner Heimat pflegten und meist in der Küche beim Personal saßen, wo man stets eine Tasse Kaffee mit ihnen trinken konnte, führten mit ihr das Hotel. Elena war Fahnenpatin des Schweizer Schießvereins in Uruguay und hatte oft Besuch von Landsleuten bekommen, für die sie stets ein offenes Ohr, eine volle Suppenschüssel und Kaffee, soviel sie wollten, bereit hielt.

Am nächsten Morgen machte sich Margarita in ihrem Trauerkostüm auf den Weg zur Kirche. Sie hatte schlecht geschlafen in dieser Nacht, war um drei und um vier Uhr aufgewacht und hatte an die tote Elena denken müssen. Im Halbschlaf hatte sie einmal fast geglaubt, Elena sei nicht tot, und hatte versucht, sie anzurufen, aber das Telefon hatte nur mit unbeeindruckter Beharrlichkeit geklingelt, bis Margarita sich bewußt wurde, was sie tat, und den Hörer wieder auflegte. Danach war sie in einen tiefen Schlaf gesunken und am Morgen seltsamerweise erfrischt aufgewacht. Vielleicht lag es auch am Wetter: Die drükkende, trübe Luft des Vortags war einem klaren Morgen gewichen, an dem der kalte Südwind mit ungewohnter Heftigkeit wehte.

Auf dem Weg zur Kirche begegnete Elena der alten Frau Vogel, ihrer verwitweten Schwiegermutter, die in ihrer Jugend ebenfalls als Hebamme gearbeitet hatte, ganz in der Familientradition. Jetzt war sie schon weit über achtzig, hielt sich aber immer noch gerade, in ihrem Pelzmantel und mit der an den Bügeln mit falschen Brillanten besetzten Brille. Sie hatte etwas Starres in ihrem ganzen Wesen; Margarita konnte sich nur mühsam mit ihr unterhalten. Auf dem Weg begegnete ihnen eine andere ältere Frau, die Frau Vogel mit den Worten begrüßte: »Erkennen Sie mich nicht mehr, Sie haben mich doch entbunden!« Luise Vogel antwortete: »Ja freilich, ja freilich«, tätschelte ihr die Hand und schritt dann gravitätisch weiter.

Als sie in der kleinen Kirche ankamen, war die Messe schon vorbei; Margarita hatte sich in der Zeit geirrt, genau wie ihre Schwiegermutter, die eigentlich zur Kommunion gehen wollte und ganz entsetzt war, daß Margarita nicht die gleichen Wünsche zeigte. Eine große Zahl von Menschen strömte aus der Kirche, viele mit verweinten Augen. Ganz zuletzt kam die Abordnung des Schweizer Schießvereins in Uruguay, mit der Fahne, deren Patin Elena gewesen war, aufrechte Männer in Tracht, mit grünen Kniebundhosen, engen blauen Wämsern, Matratzenbärten und großen Hüten, auf denen Spielhahnfedern wippten. Margarita kamen sie wie exotische Vögel vor, als sie würdevoll mit gesenkter Fahne an ihr vorbeischritten. Der Zug bewegte sich zum Friedhof, die Menschen verteilten sich um die Leichenkapelle, in der Elenas Sarg aufgebahrt war. Luise und Margarita näherten sich dem Sarg, Margarita hatte kein Taschentuch mitgenommen, weil sie prinzipiell nicht weinte, schon gar nicht auf Begräbnissen, aber als sie an die stille, blonde Elena dachte, die nun mit zerschmettertem Gesicht im Sarg lag, kamen ihr die Tränen. Luise reichte ihr verstohlen ein Papiertaschentuch, Margarita schniefte, dann hatte sie sich wieder in der Hand.

Der Sarg war mit roten Rosen und weißen Blumen geschmückt, deren Namen Margarita nicht kannte; sie bekreuzigten sich und stellten sich vor der Kirche auf. Zwischen den Gräbern war ein Lautsprecher aufgestellt, mit weißen Schalltrichtern nach zwei Seiten, aus dem man die Stimme des Pfarrers hörte, der von Sünde, Schuld und Vergebung sprach. Margarita verstand zuerst gar nicht, warum, dann fiel ihr ein, daß die katholische Kirche Selbstmord für eine Sünde hielt. Sie dachte an all die leckeren Sünden wie Fraß und Völlerei, Unkeuschheit oder ähnliches und konnte sich nicht vorstellen, daß Elena bei ihrem Sturz in die Tiefe besondere Lust empfunden haben könnte. Der Pfarrer kam aus der Leichenkapelle heraus, ein Mikrofon in der Hand, begleitet von zwei bejahrten Ministranten, die Weihrauchfässer schwenkten, und bewegte sich in Richtung Grab, hinter dem Sarg her. Der Zug der Trauernden folgte ihm.

Margarita und Luise fanden schließlich ein Plätzchen zwischen zwei Gräbern, mit guter Sicht auf die Begräbnisfeierlichkeiten. Nachdem der Pfarrer noch einmal von Schuld, Sünde und Vergebung gesprochen hatte, trat die Abordnung des Schweizer Schießvereins in Uruguay vor, deren Obmann der lieben Fahnenpatin Elena mit kratziger Stimme Worte des Abschieds nachrief. »Was der Tod ist, hat uns der Pfarrer erklärt, wir kommen, um von einem lieben Menschen Abschied zu nehmen.« Margarita mußte sich ein zweites Papiertaschentuch ausleihen, die

Schweizer senkten die Fahne vor dem Sarg ihrer lieben Fahnenpatin und legten einen Strauß weiße Lilien und dann jeder eine rote Nelke nieder. Die weißen Federn auf den Hüten wippten, als sie sich bekreuzigten. Dann trat die Trauergemeinde vor, jeder ergriff den silbernen Weihwasserwedel und bespritzte den Sarg. Margarita drückte Luise leise den Arm, bedankte sich für die Papiertaschentücher und entfernte sich in einen Teil des Friedhofs, wo sie von der Trauergemeinde ungestört war und ihren Gedanken nachhängen konnte.

Sie suchte diese Stelle öfter auf, wenn sie mit ihrem verstorbenen Ferdinand Zwiesprache hielt – in letzter Zeit allerdings seltener – oder wenn sie sich um die Anlagen kümmerte, deren schöne Gestaltung in ihrer Obhut lag, ehrenamtlich selbstverständlich. Es stand dort ein prachtvoller, großer Baum, ein Ombú, der eigentlich wie ein riesiger Strauch aussah, mit tief am Stamm verzweigten Ästen, unter dem ein Kazike begraben war, ein legendärer Indianerhäuptling, der vergeblich für die Freiheit seines Stammes gekämpft hatte. Margarita ließ sich müde auf der Bank nieder und nickte ein.

Als sie wieder erwachte, war die Trauergemeinde verschwunden. Ein Mann stand vor ihr. Er war alt, trug einen abgetragenen weißen Anzug, der früher einmal elegant gewesen war, und blickte sie so unverwandt an, daß ihr unbehaglich wurde.

»Kann ich etwas für Sie tun?« fragte Margarita. »Suchen Sie jemand?«

Der Fremde blieb zunächst stumm, murmelte nur ein »Entschuldigen Sie, ich wollte Sie nicht beunruhigen«, zündete sich im Stehen eine Zigarette an und fragte dann: »Darf ich mich zu Ihnen setzen?«

Margarita rückte etwas zur Seite, der Mann hatte etwas, das eine Saite in ihr anrührte. Als sie nebeneinander auf der Bank unter dem blühenden Baum saßen, fragte er weiter:

»Es kommt Ihnen vielleicht seltsam vor, aber ich möchte Sie um eine Auskunft bitten. Ich sehe, daß hier soeben ein Begräbnis stattgefunden hat. Können Sie mir sagen, wer die Tote war?«

Margarita hätte fast gesagt: »Elena Schwarz«, aber etwas hielt sie davon ab.

»Wieso«, fragte sie, »wieso wissen Sie, daß es eine Frau war?«

Der Fremde schüttelte den Kopf. »Ich weiß es nicht, ich hatte nur so ein unbestimmtes Gefühl. Ich habe aber nicht gewagt, das Grab aus der Nähe zu betrachten.«

Margarita kam die Sache seltsam vor, und so faßte sie einen Entschluß, von dem sie später nie mehr sagen konnte, was sie eigentlich dazu bewogen hatte.

»Sie haben recht«, sagte sie. »Heute war das Begräbnis von Margarita Vogel, geborene Ordoñez. Sie hat sich aus dem Fenster gestürzt. Die Leute glauben, daß eine alte Liebe schuld daran war.«

»Eine alte Liebe?« Der Fremde zog nervös an seiner Zigarette.

»Die Leute reden viel. Margarita hatte einen ordentlichen Mann und fünf Kinder. Seit ein paar Jahren war sie Witwe. Eigentlich ist niemandem etwas an ihr aufgefallen, sie hat einen ganz zufriedenen Eindruck gemacht. Aber Sie wissen ja, die Leute sind immer auf der Suche nach romantischen Märchen. Haben Sie sie gekannt?«

Der Fremde tat einen letzten Zug aus seiner Zigarette und schüttelte den Kopf. Dann drückte er sie mit der

Spitze seines schwarz-weißen Schuhes aus und starrte vor sich hin, als ob er im Kies Aufschlüsse über sein weiteres Schicksal finden könnte. Schließlich knöpfte er sich den obersten Knopf seines Hemdes zu und fragte:

»Wann geht der nächste Zug nach Montevideo?«

Margarita, die einmal pro Woche in die Hauptstadt fuhr, um bei ihren studierenden Kindern nach dem Rechten zu sehen, hatte den Fahrplan im Kopf und nannte ihm die Abfahrtszeit, in einer halben Stunde.

»Gehen Sie noch auf einen Schluck mit mir in eine Bar?«

Margarita nickte stumm, sie verließen den Friedhof und tranken ein Glas Rum in einer kleinen Bar in Bahnhofsnähe, die zum Glück leer war. Dann begleitete sie den Fremden, der kein Wort mehr sprach, aber auf ihre Gegenwart Wert zu legen schien, bis zum Zug und winkte ihm mit einer verstohlenen Geste nach. In der Ferne sah sie noch, wie er das Abteilfenster hochschob, nachdem er ihr, so lange es ging, nachgeblickt hatte.

Ihre Füße waren schwer wie Lehmklumpen, als sie noch einmal auf den Friedhof zurückkehrte. Es war ihr selbst ein Rätsel, weshalb sie dem Fremden diese Geschichte erzählt hatte. Aber ihre eigene Todesangst, die sie nach Elenas Selbstmord nicht mehr losgelassen hatte, war verflogen. Das Entsetzen, das sich auf dem Gesicht des Mannes abgezeichnet hatte, hatte ihr unendlich wohlgetan und ihr das sichere Gefühl gegeben, daß der Mensch, um den sie so sehr gefürchtet hatte, nämlich sie selbst, gar nicht in Gefahr war. Wer weiß, wen der wirklich gesucht hatte. Wenn es ein unbekannter Freund von Elena war, hätte er sich durch ihre Erzählung nicht abschrecken lassen. In allen anderen Fällen ging ihn die

Sache sowieso nichts an. Und sie hatte ihn jedenfalls nicht gekannt, obwohl ihr die Art, wie er die Zigarette angezündet und mit der Schuhspitze ausgedrückt hatte, seltsam vertraut vorgekommen war.

Eine Woche später wachte Margarita um fünf Uhr früh auf. Sie warf sich unruhig im Bett hin und her, dann erlangte sie nach und nach das Bewußtsein. Tränen flossen über ihre Wangen, sie stöhnte, und plötzlich gab ihre Brust einen Laut von sich, der wie die Klage eines verlassenen Tieres klang. Margarita dachte an Señor Carlos Band, genannt El Tigre.

Jahrzehntelang hatte sie die Erinnerung an ihn aus ihrem Leben verbannt und tief in sich begraben, jahrzehntelang hatte sie für ihre Umgebung ein glückliches Leben geführt. Sie hatte ja gar keine Zeit gehabt, sich um solche alten, sentimentalen Erinnerungen, wie sie es bei sich nannte, zu kümmern. Vor Jahren hatten ihr Carlos' Freunde einmal einen Brief geschrieben, und sie hatte ihn auch beantwortet. Von ihm war aber dann nur noch ein Wiegenlied im Tangorhythmus geschickt worden, danach hatte sie nichts mehr von ihm gehört. Aber damals war sie auch noch nicht Witwe gewesen. Sie verstand sich selbst nicht mehr: Am Vorabend war sie gegen Mitternacht schlafen gegangen, hatte sich nach einem Besuch bei Oskar Turteltaub und ihrer besten Freundin Clara zufrieden und glücklich gefühlt. Und nun erwachte sie, mit tränenüberströmtem Gesicht, und stöhnte wie ein Tier und noch dazu so laut, daß es die Hausangestellten vielleicht hören konnten und sie am nächsten Tag neugierig betrachten würden. Aber Margarita konnte nicht mehr. Sie ließ ihren Tränen freien Lauf und gab sich den Erinnerungen hin, die in ihr aufstiegen.

Carlos, wie er sie zum erstenmal in die Arme genommen und sie festgehalten hatte, als ob nichts auf der Welt sie jemals würde trennen können. Carlos' sanfte Hände, wenn er sie streichelte, Carlos' Stimme, wenn er ihr ins Ohr flüsterte: »Margarita«, und sie dabei zärtlich an sich drückte. Die Spaziergänge mit ihm, Hand in Hand, wobei sie wenig sprachen, denn er war ein schweigsamer Mensch gewesen, aber untrennbar verbunden und ineinander versunken durch das geschäftig tosende Buenos Aires schlenderten. Der Schmerz hatte Margaritas Herz aufgeschlossen, und sie weinte hemmungslos, bis sie nach einiger Zeit wieder einschlief, seltsamerweise ruhiger und getröstet. Vielleicht würde sie ihn ja wiederfinden, vielleicht lebte er noch irgendwo.

Carlos hatte sie manchmal entsetzlich gequält, nicht nur mit seiner Eifersucht, an die hatte sie sich allmählich gewöhnt, sondern fast noch mehr, wenn er seine verschlossenen Phasen hatte. Dann hatte er sich in sein Zimmer zurückgezogen, hatte nur auf dem Bandoneón Stücke gespielt, die ihn gerade beschäftigten, hatte wochenlang kein liebes Wort zu ihr gesagt, ihr höchstens erzählt, was für Kompositionen er als nächstes plane. Obwohl Margarita damals selbst schon eine Größe am Tangohimmel war, hatte er zu ihr gesagt, wenn sie sich über seine vermeintliche Lieblosigkeit beschwert hatte: »Das kommt daher, daß du eben erst zu 70% Künstlerin bist, sonst würdest du mich verstehen. Die Dinge, die ich dir erzähle, über die Kompositionen, die ich plane, das sind meine tiefsten Geheimnisse, und die erzähle ich niemandem außer dir.« Margarita pflegte dann zu entgegnen: »Ich habe ein schlichtes Gemüt, ich möchte nur ein liebes Wort von dir hören«, worauf Carlos meist entgegnet hatte: »Das, was ich dir soeben erzählt habe, ist wie eine Liebeserklärung.« Dabei blieben seine Hände jedoch auf dem Akkordeon liegen, statt über die ihrigen oder über ihr Gesicht oder ihre Haare zu streicheln.

Margarita liebte seine Hände. El Tigre beklagte sich oft darüber, daß er keine Hände wie Klodeckel habe, denn damit könnte er viel besser greifen, auf seinem Bandoneón. Er hatte nur ganz feine, schmale Finger. Wenn er nicht spielte, waren die Daumen meist etwas eingezogen, so daß die Hände fast beängstigend schmal aussahen, für einen Mann jedenfalls ungewöhnlich fein. Es hätte ihm auch kein Mensch zugetraut, daß er Motorradrennen fuhr, mit diesen schmalen Händen, aber er war dabei sogar sehr erfolgreich. Jemand, der ihm nicht wohlwollte, ein neidischer Kollege, hatte sie einmal als Hebammenhände bezeichnet, weil sie so schmal waren. Margarita gefiel diese Vorstellung. In ihr jedenfalls ließen diese Hebammenhände die schönsten Gefühle aufblühen. Und nun wußte sie auch, woran sie den Fremden auf dem Friedhof unbewußt doch erkannt hatte: an den Händen, mit denen er seine Zigarette angezündet hatte, ein kubanisches Erzeugnis der Marke »Romeo y Julieta«, das er zwischen den gekrümmten Zeige- und den Mittelfinger der rechten Hand geklemmt hatte. Margarita hätte alles dafür gegeben, um diese Hand jetzt zu spüren, um ihre Wange in die weiche Handfläche zu legen und alles zu vergessen. So lag sie nur einsam in ihrem Bett und drückte sich ins Kopfkissen, das sie zärtlich streichelte. Sie glaubte, Carlos' Nähe geradezu körperlich zu spüren, und schlief ein.

Zwei Wochen lang wachte Margarita jeden Morgen mit dem Gefühl auf, ihr Leben sei vollkommen sinnlos, ja es sei überhaupt nicht das, was den Namen Leben verdiene. Verdichtet hatte sich dieser Eindruck, als sie eines Abends im kleinen Theater von Nueva Helvecia einer Aufführung einer spanischen Zarzuela beigewohnt hatte und dabei Oskar Turteltaub, ihren alten väterlichen Freund seit Jugendtagen, getroffen hatte. Oskar war der wichtigste Ingenieur in der Firma ihres Mannes gewesen, seit dieser mit dem Aufbau des Unternehmens begonnen hatte, und hatte durch seine Tüchtigkeit der Firma »Queso fondido Alpa« bald zu florierendem Ansehen verholfen. Er stammte aus Deutschland oder Österreich und war in den dreißiger Jahren nach Südamerika geflüchtet. Oskars Schwester Sarah, mit der er in gemeinsamem Haushalt lebte, hielt die jüdischen Sitten auch in der neuen Heimat hoch, die genauso wenig oder genauso viel Heimat war wie die vielen Orte, an denen die Turteltaubs vorher gelebt hatten, und lud alle Bekannten regelmäßig zu legendären Essen ein, bei denen sie ihre Gäste mit gefillte Fisch, Scholet oder süßen Mazzesknödeln verwöhnte.

An diesem Abend im Theater hatte Oskar Margarita mit einem bewundernden Blick auf ihr nach wie vor respektables Äußeres begrüßt – sie glich keineswegs einer alten Fregatte, die von Stürmen zerzaust gerade noch durchs Meer des Lebens schlingerte, sondern noch immer einem jugendlichen, eleganten Segelschiff, das die Wogen zerteilte und dabei kleine, silbrig schäumende Gischtwölkchen am Bug aufspritzen ließ, während das Kielwasser der Meeresoberfläche ein elegantes V einprägte –, Oskar also, der mit drei älteren Herren leidenschaftlich gerne Streichquartett spielte, hatte sie bewundernd ob ihrer zahlreichen Aktivitäten in der Firma, im

Friedhofskomitee und so weiter mit einem Kompliment bedacht: »Man sieht Sie ja öfters in der Zeitung als anderswo«, dann aber die Frage angefügt, ob sie denn überhaupt noch zum Leben komme. Margarita hatte Haltung bewahrt und mit einem von leisem Lächeln begleiteten »Selbstverständlich!« abgewunken, aber die Frage hatte gesessen.

Seither verstärkten sich ihre Alpträume, und sie hatte immer mehr mit den Kehrseiten ihrer Existenz als erfolgreiche Geschäftsfrau zu kämpfen. Sie dachte wieder an ein Grab auf dem Friedhof, wo alles ein Ende finden könnte, und sie dachte nicht mit Schrecken, sondern mit Sehnsucht an dieses Grab. Ihr Mann war tot, ihre Kinder groß, die Fabrik erforderte viel Zeit, war aber doch nur eine Fabrik – und was hatte sie sonst von dem Auf und Ab, das man »Leben« nannte? Nichts. Ein Alptraum machte ihr besonders zu schaffen, in dem ihr träumte, sie sei ein felsiger Abhang, nein, nicht Felsen, eher eine rauhe Betonkruste, und über diesen Abhang fuhr ein Lastwagen, den ihr Vater lenkte, und alle wunderten sich und bewunderten ihn gleichzeitig dafür, daß er über diesen Abhang überhaupt fahren könne. Unten, am Fuß des Abhangs, lag ein See, und an dieser Stelle erwachte Margarita immer, in Tränen gebadet.

Sie hoffte, daß es ihr nach diesem Alptraum bessergehen würde, aber einige Tage später wachte sie schon wieder um vier Uhr auf. Diesmal hatte ihr geträumt, sie sähe sich selbst als eine dieser Roboterfiguren, an die man in ihrer Kindheit noch geglaubt hatte, etwa um die mühseligen Aufgaben des Haushalts zu erledigen, über eine staubige Landstraße in ihre Firma gehen. Von den Ohren bis zu den Knien steckte sie in einem Gehäuse, viereckig, mit angebauten Greifarmen, nur der Kopf oberhalb der Ohren und die Beine unterhalb der Knie waren frei und erlaubten ihr gewisse Bewegungen. Links und rechts Wüste, nur von einigen Kakteen bestanden, am Horizont die Sonne, die auf sie herunterglühte. Margarita kam nur mühsam vorwärts, sie ging, oder besser: schleppte sich, bis sie am Wegrand zusammenbrach. Ihr Automatengehäuse rasselte über ihr zusammen, sie blieb als ein Häufchen Schrott am Boden liegen. So sah sich Margarita. Als ihr Haupt auf der staubigen Erde lag und sie glaubte, nie wieder aufstehen und weitergehen zu können, und als ihr dieser Zustand sogar zu gefallen begann, endlich Ruhe, endlich Stille, da spürte sie, wie ihr Tränen, tatsächlich heiße Tränen, aus den Augen rannen, und sie erwachte. Das Kopfkissen war bereits ganz naß, als Margarita Vogel, geborene Ordoñez, gegen sechs Uhr früh endlich wieder einschlief, mit der festen Absicht, etwas an ihrem Leben zu ändern.

Am nächsten Morgen, als sie etwas später als gewohnt in der Firma »Queso fondido Alpa« erschien, ging es ihr schon besser. Sie begab sich ins Büro ihres Ingenieurs und wichtigsten Vertrauten Oskar Turteltaub, der ihr seit dem Tod ihres Mannes als Geschäftsführer zur Hand ging. Doch in Oskar Turteltaubs Büro war nichts von der gewohnten abgeklärten Ruhe zu spüren, die Margarita oft zu ihrer eigenen Beruhigung geradezu suchte. Oskar Turteltaub saß nicht, sondern stand vor seinem ausladenden Schreibtisch, auf dem normalerweise penible Ordnung zu herrschen pflegte, und blätterte in einem Stoß von Papieren, die Haare standen ihm heute wie ein wirrer Schopf in die Höhe, sein korrekter Anzug, den er stets mit Weste trug, war in Unordnung geraten, da er in der Erregung nicht nur das Sakko aufgeknöpft, sondern sogar die Westenknöpfe geöffnet hatte, seine braune Hornbrille war auf Halbmast gerutscht und saß mitten auf seiner langen, spitzen Nase. Oskar Turteltaub war sichtlich in Erregung.

»Lesen Sie das, Señora«, stieß er hervor und reichte Margarita ein vergilbtes Blatt Papier. Margarita nahm das Blatt verwundert in Empfang und begann zu lesen:

»Die Vorlage Ihrer beiden Gewerbescheine lautend auf ›Krämerei‹, gew. Re. Nr. 235/1935 und ›Handel mit Textilwaren‹, Ge. Re. Nr. 236/1939 wird mit heutigem Datum bestätigt.

Im Sinne des Erlasses des Reichswirtschaftsministeriums vom 18. 11. 1938 werden Sie angewiesen, Ihren Betrieb ordnungsgemäß abzuwickeln, Ihre Verpflichtungen mit der nötigen Sorgfalt eines ordentlichen Kaufmannes zu erfüllen und etwaige Schädigungen Dritter zu beseitigen. Falls Sie bei der Verwertung noch vorhandener Waren auf Schwierigkeiten stoßen, so haben Sie sich sofort zur Behebung dieser Schwierigkeiten mit der Wirtschaftsgruppe Einzelhandel (Kaufmannschaft) ins Einvernehmen zu setzen.«

»... mit der nötigen Sorgfalt eines ordentlichen Kaufmannes, das habe ich mir sagen lassen müssen.« Oskar Turteltaub knirschte mit den Zähnen vor Erregung.

»Wo kommt das her?« fragte Margarita.

Oskar wies auf den restlichen Stapel auf dem Schreibtisch. »Das und noch vieles andere. Ich hatte es vergessen, es war mir geglückt, das alles vergessen zu haben«, dabei warf er Margarita einen wilden Blick aus seinen schmalen, dunkelblauen Augen zu, »doch gestern meldete sich ein junger schnauzbärtiger Mann bei mir, aus

Europa, aus dem Ort, in dem ich damals gelebt habe, stellte sich mir als Historiker vor, der eine Untersuchung über die Auswanderung nach Südamerika mache, und überließ mir zur Einsicht einen Stoß kopierter Akten, der meinen Fall betrifft. Heute nachmittag kommt er wieder, ich habe ihm ein Interview versprochen.«

Margarita war fassungslos. »Was haben Sie denn mit einer Krämerei zu tun? Ich dachte, Sie seien Ingenieur!«

»Bin ich auch, aber damals, vor meiner Flucht, hatte ich ein Geschäft für Nähmaschinen und Kurzwaren. Aber lassen wir das«, Oskar Turteltaub strich sich mit einer müden Bewegung über die Augen, »kehren wir lieber zur Tagesordnung zurück.«

Gemeinsam mit Oskar Turteltaub unterzog sich Margarita auch an diesem Tag wieder den Mühewaltungen für die Firma »Queso fondido Alpa«, doch in der Nacht wälzte sie sich schlaflos im Bett hin und her. Der Gedanke an Carlos ließ ihr keine Ruhe. Sie war ihm schon so nahe gewesen, er hatte ja neben ihr auf der Bank gesessen, aber durch ihre eigene Unachtsamkeit hatte sie ihn wieder verloren und konnte nicht einmal jemand anderen dafür verantwortlich machen. »Ach Tigre«, dachte Margarita, dann stand sie auf, nahm ihr Schultertuch und machte sich auf den Weg, begann eine ruhelose Wanderung durch das nächtliche Nueva Helvecia.

Die Stadt besaß einen kleinen Zoo, und Margarita kletterte an einer Stelle über die Umzäunung, an der diese nicht allzu hoch war. Das Haus mit den exotischen Fischen war unversperrt, und bald tappte sie durch ein seltsam leuchtendes Halbdunkel. In einem Becken schwammen zwei Zitteraale, senkrecht zur Oberfläche, ein Leuchtbild über dem Aquarium wurde von ihren Stromstößen erhellt. In ihrem Hinterleib hatten sie ein Instrument, das elektrische Stöße aussenden konnte. Gräßliche Tiere. Margarita zog ihr Tuch fester um die Schultern. Die Beschriftung belehrte das Publikum, daß sich Männchen und Weibchen beim Zitteraal nicht unterschieden. Die Fortpflanzung war ungeklärt. Ihre Augen waren schlecht entwickelt, da sie sich meist in schlammigen, sumpfigen Gewässern aufhielten. Wenn sie nun in ein Becken mit solchen Aalen fiele ... Im Nebenaquarium schwammen dunkelbraune, flache Fische, die mit einem goldfarbenen Staub bedeckt waren und ebenfalls magisch leuchteten. Eine Schildkröte konnte gleichfalls nicht schlafen, sie tauchte durch das trübe Wasser und schwamm in ihrem Becken umher, auf der Suche nach irgend etwas, von dem sie selbst sicher am wenigsten wußte, was es sei.

Als Margarita wieder erwachte, lag sie auf dem Boden des Zoohauses, in einer Ecke zusammengekauert. Erschrocken raffte sie ihr Tuch fester um sich und strich sich die Haare aus dem Gesicht. Sie konnte sich nicht mehr erinnern, wie sie an diese Stelle und in diese seltsame Lage geraten war. Im Traum war ihr ihr längst verstorbener Vater erschienen, der todtraurig auf eine Wand zugegangen war, an der ein Jagdgewehr hing. Sie wußte, daß er sich im nächsten Moment umbringen würde.

Margarita stand vom Boden auf und verließ das Aquarienhaus. Draußen begann gerade die erste Morgendämmerung, der Horizont flirrte mandarinenfarben, ansonsten war der Himmel noch grau. Die Dromedare lagen auf dem kahlen, staubigen Boden ihres Geheges. Sie sahen aus wie gerupfte Wollknäuel, die Haare gingen ihnen gerade büschelweise aus. Wracks der Wüste, dachte Margarita und mußte selber über ihren Witz lachen. Gegenüber war ein Freigehege mit Störchen, die ein Nest gebaut hatten, in dem drei Junge lagen, von einem erwachsenen Storch sorgsam bewacht. Die Wiese, in der das Storchennest stand, war ganz weiß von blühenden Margariten. Die Wölfe, vor denen sie als Kind eine panische Angst verspürt hatte, weil sie immer ruhelos im Kreis gelaufen waren, lagen wie schwere, staubfarbene Säcke in einem Winkel ihres Geheges und schliefen. Zwei Nashörner rieben sich gegenseitig die Schnauzen, ihre Mäuler mit den zackigen Hörnern schienen Margarita geradezu vergnügt zu lächeln, das Riesengürteltier lag zusammengerollt in einer Ecke. Bei den Fischottern blieb sie etwas länger: Sie schwammen bereits fröhlich durch ihr Becken, drehten sich auf den Rücken und glitten durch das Wasser. Die Schuhschnabelkolonie stelzte gravitätisch umher, während drei Eisbären unentwegt von einem Felsstück zum anderen trotteten, sich aber weigerten, ins kalte Wasser zu tauchen. Nur der Löwe lag noch immer schläfrig nahe an der Gitterwand. Seine Augen waren geöffnet, das rechte zeigte ein rotes Mal auf dem Lid. Er sah nicht glücklich aus, der König der Tiere, sein Blick hatte schon so viele Gitterstäbe in sich aufgesogen, daß er nicht mehr die Kraft hatte, von der Wüste zu träumen. Margarita ließ sich auf eine Bank nieder und beschloß, Nueva Helvecia zu verlassen. Sie wollte sich auf die Suche machen. Sie mußte Carlos wiederfinden.

Es gelang ihr, unbemerkt in ihr Haus zurückzufinden. Die Bewohner von Nueva Helvecia schliefen zum Großteil noch, sie begegnete niemandem, den sie kannte. Zuhause öffnete sie den großen Wandschrank, in dem ihre ganze Garderobe untergebracht war, holte einen großen Koffer vom Dachboden und begann zu packen. Als sie fast fertig war, Kleider, Kostüme, Wäsche, warme Jacken, Strümpfe, Nachthemden, leerte sie den ganzen Koffer wieder auf den Boden, nahm eine kleine Reisetasche, die sie für ihre Ausflüge in die Umgebung zu verwenden pflegte, und packte nur das Nötigste ein. Was brauchte sie Kostüme, wenn sie jemanden suchte, der sie und den sie nicht erkannt hatte, im Moment der Begegnung! Als sie gerade in der Küche saß und ihren Frühstückskaffee trank, klingelte es. Margarita zögerte einen Augenblick, dann öffnete sie. Draußen stand Oskar Turteltaub, sichtlich verlegen, und bat darum, eintreten zu dürfen.

»Aber bitte, so kommen Sie doch herein«. Margarita machte eine einladende Handbewegung.

»Ich will nicht stören, Señora, aber es ist dringend.«

Margarita führte ihren Ingenieur in die Küche und stellte ihm eine zweite Tasse hin. Für weitere Förmlichkeiten hatte sie seit der Nacht im Zoo keinen Sinn mehr.

Sie setzte sich, wies auf den zweiten Stuhl und sah Turteltaub fragend an. Oskar Turteltaub nahm Platz, indem er die Hosenbeine etwas in die Höhe zog, rührte verlegen in der Tasse, in die ihm Margarita Kaffee und Milch eingeschenkt hatte, und räusperte sich.

»Ich komme zu so früher Stunde, weil mich eine wichtige Angelegenheit dazu treibt«, stieß er schließlich hervor. Margarita schwieg noch immer und rührte in ihrer Kaffeetasse. Sie dachte an den Löwen mit dem Gitterblick.

»Ja, etwas sehr Wichtiges.« Oskar Turteltaub nahm einen Schluck, verschluckte sich und mußte husten, wobei ihm der viel zu heiße Kaffee wie eine feine Fontäne aus dem Mund spritzte und die Marmorplatte des runden Tischchens benetzte.

»Verzeihung«, stammelte er und begann, mit seinem Rockärmel den Tisch abzuwischen. Margarita stand schweigend auf und holte einen Lumpen, mit dem sie die Kaffeespritzer entfernte. Dann setzte sie sich wieder und sah Oskar Turteltaub abermals fragend an. Schließlich entschloß sich Turteltaub zu sprechen.

»Ich will fort«, stieß er hervor. »Ich kann nicht mehr hierbleiben. Südamerika erstickt mich. Meine Wurzeln ...«, hier wurde er rot und brach plötzlich ab. Margarita war nun doch etwas überrascht.

»Seit wann haben Sie Wurzeln, Turteltaub? Sie, als internationaler Fachmann und weitgereister Mensch?«

»Ach, wissen Sie, das mit dem weitgereist, da ist es nicht so weit her damit. Zwangsreisen, größtenteils. Zwangsreisen. Oder wären Sie gerne durch den Kamin eines Krematoriums in den Himmel gereist?«

Margarita schwieg.

»Ach, Señora, es gräbt ja schon lange in mir. Und jetzt habe ich die Unterlagen von diesem Historiker bekommen, und alles hat wieder angefangen. Ich hatte sie versteckt, die Erinnerungen, ganz tief, nicht einmal im Unterbewußten, sondern noch weiter drunten. Im Vor-Unterbewußten sozusagen, da, wo der wache Geist nie hinkommt, nicht einmal im Traum. Aber jetzt ist die Schleuse geöffnet, und ich halte die Bilder nicht mehr aus. Ich muß zurück nach Europa, ich muß mir ansehen, was aus meiner alten Heimat geworden ist, und ich muß sehen, wo sie haben umgebracht meine Familie, Moidele, das kleine, und meine liebe Frau.« Oskar Turteltaub weinte. Margarita gab ihm ein Taschentuch und sagte nichts. Dann nahm sie entschlossen einen Schluck aus der Kaffeetasse und meinte:

»Das trifft sich gut. Mir geht es genauso. Ich will weg von hier. Ich muß jemanden suchen, von dem ich keine Ahnung habe, wo er ist. Ich weiß nur, daß er mich für tot hält.« Oskar Turteltaub konnte sich ein Lächeln nicht verbeißen. »No, dann reisen wir eben zusammen. Liegt Europa zufällig auf Ihrer Strecke?«

Margarita überlegte kurz, dann nickte sie. Eigentlich hatte sie zuerst einmal nach Buenos Aires fahren wollen, um dort nach Carlos zu suchen. Aber der Fremde auf dem Friedhof hatte einen so heimatlosen Eindruck auf sie gemacht, daß sie diesen Gedanken wieder verwarf. In Buenos Aires, der Stadt ihrer alten Liebe, würde sie El Tigre sicher nicht wiederfinden. Wahrscheinlich war das auch kein guter Boden für ein Wiedersehen, wenn sie an all die Eifersuchtsszenen dachte, die er ihr aus nichtigsten Anlässen gemacht hatte. Sie hatte plötzlich die Vorstellung, daß er nach Krefeld gereist sein könnte, in die Stadt, aus der er stammte und in der er noch immer Familie besaß, einen Bruder, der den städtischen Zoo leitete, jedenfalls vor dreißig Jahren geleitet hatte.

»Also gut, wir fahren zusammen.« Margarita wunderte sich selbst über ihren Entschluß. Aber da sie sich nun einmal dazu durchgerungen hatte, in Nueva Helvecia alles zu verlassen, fiel es ihr gar nicht besonders schwer. Die Leitung der Fabrik legte sie in die Hände eines Cousins ihres verstorbenen Mannes, für Oskar Turteltaub war nicht so leicht ein Ersatz zu finden, aber schließlich meldete sich ein junger und eifriger Absolvent der Technischen Hochschule, der die Stelle einstweilen übernahm.

Margarita packte wieder um, diesmal entschied sie sich für einen mittelgroßen Koffer. In der Nacht vor dem Abflug ging sie noch einmal auf den Friedhof und setzte sich zum Grab des Kaziken unter den Ombù.

Nach einer Weile erwachte sie wieder, eine Melodie im Ohr, die sie von ihrer indianischen Amme gelernt hatte und in der das ewig gleichbleibende Rauschen des Flusses Musik geworden war. »El Uruguay no es un rio, es un ciel azul que viaja, pintor de nubes caminos« und so weiter. Der Uruguay ist kein Fluß, er ist ein blauer Himmel auf Reisen, ein Maler der wandernden Wolken. Geträumt hatte sie nichts. Plötzlich sah sie wieder ihren alten Freund Carlos vor sich, wie sie ihm dieses Lied immer wieder vorgesungen hatte und wie er sie dazu begleitet hatte, auf seinem Bandoneón, das überhaupt nicht dazu paßte.

Von Montevideo aus flogen sie nach São Paulo und von dort nach Paris. Oskar Turteltaub hatte zugesagt, Margarita auf ihrer Reise nach Krefeld zu begleiten, sie wollte dafür mit ihm in seine Heimatstadt. In Krefeld verließen sie den Bahnhof, das schlichte Modell eines Provinzbahnhofs, wie er in vielen deutschen Mittelstädten existierte, und begaben sich zum Ostwall, wo der Bruder früher gewohnt hatte, das wußte Margarita noch. Tatsächlich gab es eine Klingel mit dem Namen »Band«. Margarita bekam Herzklopfen und läutete. Eine Frau mittleren Alters mit aufgelösten roten Haaren und im Schlafrock öffnete.

»Sie winschen?« fragte sie, mit einem seltsamen Akzent.

Margarita fragte nach Ernst Band, dem Bruder von Carlos, oder besser: Karl.

»Sie kennen ihn?« fragte die Frau.

»Ich habe seinen Bruder sehr gut gekannt, den Tangomusiker.«

Die Gesichtszüge der Frau verzogen sich zu einem Lächeln. »Oh bitte, so kommen Sie doch herein. Ernst sitzt gerade beim Frühstück, ich auch, entschuldigen Sie meine Aufmachung.«

Sie führte Margarita und Oskar Turteltaub in ein Zimmer, in dem ein weißhaariger Mann, die Haare hinten zu einem Pferdeschwanz gebunden, am Tisch saß und Zeitung las. Margarita mußte lachen, die Bands waren schon immer eine exzentrische Familie gewesen. Sie war Ernst noch nie begegnet, aber Carlos hatte ihr viel von ihm erzählt, von seiner Arbeit im Zoo, besonders mit seinen Lieblingen, den Affen, und ihr auch Fotos gezeigt. »Ausgerechnet Bananen«, stieß Ernst in diesem Augenblick plötzlich hervor und warf die Zeitung mit einem unmutigen Ruck auf den Tisch. »Jetzt werden ausgerechnet die Bananen teurer, die meine Affen so gerne essen. Wo soll das noch hinführen!« Dann wandte er sich mit einem fragenden Lächeln den Eintretenden zu. Margarita stellte sich vor und wurde gleich in die Arme genommen. Auch Oskar Turteltaub bekam zwei schmatzende Küsse auf die Wangen, die er verstohlen mit einem Papiertaschentuch wieder abwischte. Dann bemerkte er philosophisch: »Das scheint ja ein ganz krummes Ding zu sein, das Ihnen die EG da mit den Bananen dreht.« Ernst Band regte sich schon wieder auf: »Wenn ich an Massa denke, meinen Lieblingsaffen, den werde ich jetzt mit Wirsing füttern müssen, unvorstellbar!« Er nahm einen hastigen Schluck aus der Kaffeetasse, dann beruhigte er sich wieder.

»Das ist meine Frau«, Ernst wies auf die Rothaarige im

Schlafrock, die die Türe geöffnet hatte. »Sie war früher beim Zirkus und ist sehr tierlieb.«

»Sehr erfreut«, murmelte Oskar Turteltaub, Margarita nickte gemessen. Nachdem sie sich für ihr unangemeldetes Kommen entschuldigt hatten – aber sie hatten ja nicht einmal gewußt, ob es noch eine Familie Band in Krefeld gab, erkundigte sich Margarita nach Carlos. Ernst, sie nannte ihn bereits heimlich Ernesto, sah sie verständnislos an. »Aber der ist doch verschwunden, schon seit Jahren, wissen Sie das nicht? Irgendwann einmal haben Freunde von ihm aus Buenos Aires geschrieben, er habe sein Testament auf den Tisch gelegt und sei Richtung Feuerland aufgebrochen. Sie wissen ja, daß wir aus einer berühmten Familie stammen«, meinte er, wobei er sein Pferdeschwänzchen durch eine Hand gleiten ließ, »nicht nur Onkel Heinrich hat den Namen Band verewigt, wir hatten auch einen anderen Großonkel, Onkel Josef, den Naturforscher, ein Alexander Humboldt im Taschenformat sozusagen. Die Familie hat beschlossen anzunehmen«, dabei streifte er seine tierliebende Frau mit einem Seitenblick, »daß Karlchen vermutlich in dem See, der den Namen dieses Onkels trägt, ewiges Vergessen gesucht hat. Wir haben inzwischen vollkommen rechtmäßig sein Erbe angetreten, Karl hatte nämlich noch Vermögenswerte in Deutschland, von denen er gar nichts mehr wußte, weil er keinen Kontakt zur Familie pflegte.«

Margarita erzählte, daß sie Carlos auf dem Friedhof von Nueva Helvecia wiedererkannt habe, aber leider zu spät, und nun auf der Suche nach ihm sei. Der Bruder war peinlich berührt und begann eine Geschichte von einem Elefanten zu erzählen, den sich der lokale Fußballclub vor jedem Match aus dem Zoo auslieh, um ihn als Maskottchen um den Platz zu führen. Margarita und Oskar Turteltaub leerten ihre Tassen und verabschiedeten sich. Unten, auf dem Ostwall, sahen sie sich an.

»Was sollen wir jetzt tun?« fragte Margarita.

»Da kann man gar nichts machen«, beruhigte sie Oskar Turteltaub. »Fahren wir eben weiter, meine Angelegenheiten erledigen. Wer weiß, vielleicht ergibt sich was von selbst.«

Sie verließen den Zug in einer Kleinstadt und begaben sich zu Fuß auf den Weg in die Stadt, wenn man diese Anhäufung schäbiger, grauer Häuser als Stadt bezeichnen konnte. Oskar Turteltaub traute seinen Augen kaum, als er auf der ehemaligen Synagoge die Aufschrift »Feuerwehrhaus« lesen mußte. Daneben, in den schönen Häusern der Familie Rosenzopf, in denen er als Kind gespielt hatte, hatte sich eine Gaststätte namens »Fürstenkeller« breitgemacht, die mit einem protzigen Neonschild ihre eigene Fassade verschandelte. Nur das alte Schulhaus sah noch genauso aus wie früher, nämlich schäbig. Jetzt wohnten Türken darin.

In einer ruhigen Seitenstraße stand das Jüdische Museum, das Ziel ihrer Reise. »Vornehm, vornehm!« meinte Oskar Turteltaub, als er die Gründerzeitfassade, die sorgfältig renoviert war, in Augenschein nahm. Dann wurde er auffallend still, ging schweigend mit Margarita durch die Räume. Sie mußten Eintritt bezahlen, dann konnten sie sich in Tafeln vertiefen, in denen die Geschichte der hiesigen Judengemeinde, vor allem im 19. Jahrhundert, dokumentiert war. »Viel Schrift und wenig Sachen«, war das einzige, was Oskar Turteltaub von sich gab. Im Dachgeschoß, in dem die Judenverfolgungen dokumentiert waren, verstummte er völlig. Nur als er im Stockwerk darunter einen Blick auf die Deckenbeleuchtung warf, die wie eine Kreuzspinne mitten in die schöne Deckenbemalung hineinmontiert war, schüttelte er den Kopf mit einem Ausdruck, den Margarita als mißbilligend empfand. Als sie wieder draußen waren, zuckte Oskar Turteltaub die Achseln. »Kein einziger Witz, ma mecht meinen, wir wären alle bloß tüchtige Kaufleute oder Fabrikanten oder Forscher oder Hausierer gewesen. Und ordentliche Vereinsmeier, wie die Leute in dem Land eben sind. Die Juden waren die besseren Einheimischen, so kommt mir das vor, jetzt, wo wir weg sind.« Er wollte nicht mehr bleiben. Er hatte genug. »Und alles so ordentlich und aufgeräumt und so schöne Möbel, in denen die Fotos liegen – das sollen wir gewesen sein?«

Das waren ihre Suchergebnisse in Europa. Sowohl Margarita als auch Oskar Turteltaub hatten genug. Sie ließen den Rückflug auf einen früheren Termin umbuchen und kehrten nach Nueva Helvecia zurück. Margarita beglückwünschte sich, daß sie nicht zuviel Gepäck mitgenommen hatte.

Zuhause warteten Berge von Post auf sie. Sie hätte diese Berge gerne ungeöffnet gelassen, wenn sie nicht noch eine stille Hoffnung genährt hätte. Und tatsächlich: Señor Carlos Band hatte der Familie ein Kondolenzschreiben zum Ableben der verehrten Señora Margarita geschickt, die in ihrer Jugend zu kennen er das Vergnügen gehabt hatte. Oskar Turteltaub fühlte sich seit ihrem Europabesuch in Uruguay wohl wie noch nie in seinem Leben. Von der Alten Welt hatte er genug.

Margarita wartete, bis sie allein war, dann nahm sie den Brief noch einmal in die Hand und verfolgte mit den Augen jede einzelne Schwingung der Schrift, die sie so gut kannte. Sie hatte sich nicht sehr verändert, seit El Tigres wilden Jahren, vielleicht etwas unsicherer und zittriger war sie geworden. Der Umschlag trug keinen Absender, aber er war in Buenos Aires aufgegeben worden. Margarita ließ ihn sinken und dachte nach. Dann ging sie auf die Post, die noch offen hatte, und ließ sich das Telefonbuch von Buenos Aires geben. Tatsächlich, es gab einen Señor Carlos Band, wohnhaft in der Avenida Florida 34, also mitten in der Stadt.

Margarita wollte nicht anrufen, aber am nächsten Morgen fuhr sie nach Montevideo, bestieg einen Dampfer auf dem La Plata und fuhr in einem Tag nach Buenos Aires. Sie nahm ein Taxi ins Stadtzentrum und strich an den Geschäften vorbei, die die Avenida Florida säumten. Abends herrschte hier ein reges Treiben. Aus den Schallplattengeschäften klang laute Musik, vorwiegend Wiener Walzermusik. Schließlich nahm sie sich ein Herz und klingelte an der Klingel, auf der »Band« stand. Sie traute ihren Augen kaum, als wieder eine ihr unbekannte Frau öffnete, diesmal allerdings mit grauen Augen und normal gekleidet. Im Hintergrund hörte man Kindergeschrei. Margarita nannte ihren Namen und erkundigte sich nach Señor Carlos Band.

»Er ist im Moment nicht zu Hause«, meinte die Frau. »Kann ich etwas für Sie tun?« Margarita glaubte zu träumen, als plötzlich drei gleich große und gleich gekleidete Mädchen ins Zimmer stürmten. »Margarita, Anna, Maria, Ruhe jetzt! Seht ihr nicht, daß Besuch da ist?« Die drei wurden still und betrachteten die Besucherin neugierig, dann verließen sie das Zimmer. »Was sind das für Kinder?« fragte Margarita schließlich. »Das sind die Töchter von Señor Band. Und ich bin die Mutter. Es sind Drillinge.« Margarita mußte sich einen Stuhl geben lassen und um einen Schluck Wasser bitten. Dann entschloß sie sich zu sprechen. »Ich bin Margarita«, sagte sie, »die Ur-Margarita sozusagen. Hat Ihnen Carlos nie von mir erzählt?« Die Frau mit den grauen Augen wurde ernst. »Wissen Sie, die Entstehung meiner Familie grenzt an ein Wunder. Sie wissen sicher, daß Carlos verschwunden war, wir hielten ihn alle für tot, vor fünf Jahren. Ich bekam die Drillinge im Bewußtsein, als trauernde Witwe ohne Trauschein Mutter zu werden, aber ich habe sie in seinem Andenken erzogen und eine meiner Töchter Margarita genannt, weil er so oft von Ihnen gesprochen hat. Vor einigen Wochen ist er plötzlich in Buenos Aires aufgetaucht, er war inzwischen in Feuerland verheiratet gewesen, hat sich aber wieder scheiden lassen. Wir sind dann zu ihm in diese Wohnung gezogen und leben jetzt zusammen, gemeinsam mit zwei früheren Kollegen von Carlos. Er müßte eigentlich gleich kommen.« Margarita stand hastig auf und verabschiedete sich in aller Eile. »Richten Sie ihm schöne Grüße von mir aus, auch ich bin nicht tot. Und ich würde mich freuen, wieder von ihm zu hören.«

Draußen mußte Margarita sich in ein Café setzen. Sie hätte jetzt gerne Oskar Turteltaub neben sich gehabt, aber sie hatte seinen Vorschlag, sie auf dieser Reise zu begleiten, entschieden abgelehnt.

Dann sah sie El Tigre.

Er kam die Straße entlang, wie er damals auf dem Friedhof ausgesehen hatte. Margarita glaubte, daß sie nicht die Kraft haben würde, zu ihm zu gehen, aber sie konnte es. »Carlos«, brachte sie noch heraus, dann fiel sie um seinen Hals und begann zu schluchzen. Er sah sie zuerst entsetzt an, dann führte er sie zu einem Stuhl. »Ich denke, du bist tot?« fragte er. »Das hast du mir doch damals auf dem Friedhof erzählt.«

»Bin ich nicht«, seufzte Margarita, »du spürst es ja.« Sie lagen sich in den Armen, ein angegrautes Pärchen, und wiegten sich wie zwei Kinder.

»Carlos«, flüsterte Margarita. »Wieso hast du mir den Brief geschrieben?«

»Ich wollte wissen, wie du reagierst. Im Zug ist es mir plötzlich aufgedämmert, daß du es gewesen sein könntest, die ich auf dem Friedhof getroffen hatte. Wieso hast du gesagt, du seist tot?«

»Weil ich solche Angst vor dem Selbstmord hatte. Und wenn man sich selbst für tot erklärt, ist das das sicherste Mittel dagegen.«

»Margarita«, murmelte El Tigre, »abergläubisch wie eh und je. Du bist noch immer die alte.« Er verwickelte seine Finger in ihre Haare und drückte sie wieder fest an sich. »Die Kinder halten mich für ihren Onkel. Eigentlich sind sie ein Betriebsunfall, durch ein verwechseltes Medikament entstanden, aber das erzähle ich dir ein anderes Mal. Ich habe nichts von ihnen gewußt. Aufgezogen haben sie Zizi und Felipe, jetzt haben sie zwei Väter und mich als Onkel. Das haben wir ihnen nämlich erzählt, um sie nicht allzusehr zu verwirren.«

Margarita zog ihn fester an sich und flüsterte: »Tigrito«, El Tigre streichelte über ihren Rücken und trällerte ihr ins Ohr: »Endlich.« Sie konnten die alten Gewohnheiten nicht abschütteln und begannen unwillkürlich, ein paar Tangoschritte zu tanzen. Da räusperte sich jemand vernehmlich neben ihnen und sagte: »Señora, ich bin Ihnen nachgefahren. Wir sollten das nächste Schiff nehmen, Sie werden in Nueva Helvecia erwartet.«

»Wer ist denn das?« wunderte sich Carlos Band.

»Mein Ingenieur«, antwortete Margarita, »Oskar Turteltaub. Er hat mir immer sehr geholfen.«

»So, geholfen.« El Tigres Miene verfinsterte sich. »Hast du etwas mit ihm ...?«

Margarita verschloß ihm den Mund mit einem Kuß. »Wie in alten Zeiten«, flüsterte sie und wiegte sich glücklich in den Armen von Señor Carlos Band, genannt El Tigre.

# Collection S. Fischer

Hermann Burger
**Die allmähliche Verfertigung der Idee beim Schreiben**
Frankfurter Poetik-Vorlesung
Band 2348
**Als Autor auf der Stör**
Band 2353
**Diabelli**
Erzählungen
Band 2309
**Ein Mann aus Wörtern**
Band 2334
**Kirchberger Idyllen**
Band 2314

Clemens Eich
**Aufstehn und gehn**
Gedichte
Band 2316

Clemens Eich
**Zwanzig nach drei**
Erzählungen
Band 2356

Dieter Forte
**Jean Henry Dunant oder Die Einführung der Zivilisation**
Ein Schauspiel
Band 2301

Marianne Gruber
**Der Tod des Regenpfeifers**
Zwei Erzählungen
Band 2368

Alexander Häusser
**Memory**
Roman. Band 2379

Wolfgang Hilbig
**abwesenheit**
gedichte. Band 2308
**die versprengung**
gedichte. Band 2350

Wolfgang Hilbig
**Die Weiber**
Band 2355

Walter Jens (Hg.)
**Schreibschule**
Neue deutsche Prosa. Band 2367

Peter Stephan Jungk
**Rundgang**
Roman
Band 2323

Christoph Keller
**Wie ist das Wetter in Boulder?**
Eine amerikanische Erzählung
Band 2369

Judith Kuckart/
Jörg Aufenanger
**Eine Tanzwut**
Das TanzTheater Skoronel
Band 2364

# Fischer Taschenbuch Verlag

fi 176 / 21 a